AF290505

(K)ein Star zum Verlieben

Lovely Hearts 2

Levina Lamur

*Dies ist eine frei erfundene Geschichte.
Ähnlichkeiten mit real existierenden Personen sind
zufällig und nicht beabsichtigt.*

Inhaltsverzeichnis

Prolog

Schon als kleines Kind hat die 18-jährige Lana davon geträumt als berühmte Sängerin auf der Bühne zu stehen. Sie liebt die Musik und hat bereits als Grundschülerin Klavier- und Gesangsunterricht bekommen. Sie ist fleißig, übt jeden Tag und schon bald zeichnet sich ab, dass sie großes Talent besitzt und jeder prophezeit ihr eine große Karriere in der Musikbranche voraus. Während sie als Kind noch kein Problem damit hat, auf der Bühne zu stehen und vor vielen Menschen zu singen, bereitet ihr das als Teenager plötzlich große Angst. Sie bekommt auf einmal Schweißausbrüche, als sie hinter der Bühne steht und durch den Vorhang lugt und die große Menschenmenge sieht. Auf einmal wird sie nervös, ihr Magen dreht sich um und sie will sich am liebsten verkriechen. Sie macht zwar mit der Musik weiter, meldet sich bei den Auftritten ihrer Musikschule aber jedes mal krank oder überlegt sich eine Ausrede. Als sie in die Oberstufe kommt und sich ihre Mitschüler anfangen zu überlegen, was sie nach dem Abitur machen wollen, kommt für sie eigentlich nur eins in Frage: Sie will Musik studieren, und zwar an der besten Universität des Landes. Sie übt jeden Tag und meistert die Tests mit Bravur. Als letzte Hürde musst sie nur noch ein paar ausgewählte Stücke auf dem Klavier vorspielen und etwas vorsingen. Sie kann sie in- und auswendig und ist bestens vorbereitet, aber als sie die große Bühne betritt und das Auswahlkomitee mitten im Zuschauerraum sieht, dreht sich erneut ihr Magen um.

Trotzdem bleibt sie tapfer, sagt ihren Namen und setzt sich an das Klavier. Als sie ihre Finger auf die Tasten legt, bemerkt sie, wie nass sie bereits vor Schweiß sind und trocknet sie sich nervös an ihrer Bluse ab. Aber das bringt nichts. Lana rutscht mit ihren Fingern an den glatten Tasten ab und versaut damit das Stück. Sie blickt anschließend in die genervten Gesichter der Jury, die sich fragen, warum sie sich mit so einer talentlosen Schülerin herumschlagen müssen, wird aber trotzdem dazu aufgefordert noch etwas zu singen. Leider wird ihr Lampenfieber aber nicht besser. Ihre Stimme versagt und sie bringt keinen geraden Ton heraus. Niedergeschlagen verlässt Lana danach die Aula und schwört sich, dass sie nie wieder eine Bühne betreten wird.

Das ist jetzt ein Jahr her. Inzwischen hat sie ihr Abitur mit einer sehr guten Endnote bestanden und einen Ausbildungsplatz in einem Tonstudio ergattern können. Ihren Traum irgendwann mal mit Musik viel Geld

zu verdienen und berühmt zu werden, hat sie
zwar fürs erste an den Nagel gehängt,
trotzdem will sie in der Branche bleiben.
In dem Tonstudio würde sie Tag für Tag mit
professionellen Musikern zu tun haben und
kann zumindest schon einmal hinter die
Kulissen blicken. Dass sie es irgendwann
vielleicht doch noch mal auf die große Bühne
schafft, schließt sie nie ganz aus und ist noch
immer ihr geheimer Traum.
Nach den letzten Prüfungen hat sie viel Zeit
und verbringt sie meistens alleine. Ihre
Freunde aus der Schule haben Jobs, um sich
das anschließende Studium finanzieren zu
können oder sind bereits ins Ausland
verschwunden. Aber Lana hat kein Problem
damit. Sie kann sich schon immer gut alleine
beschäftigen. Oft spielt sie dann ihre
Lieblingsstücke auf dem Klavier oder auf der
Gitarre oder setzt sich an den Schreibtisch,
um ihre eigenen Songs zu schreiben. Dabei
vergisst sie meist völlig die Zeit und merkt
erst dann, dass sie mal wieder die ganze
Nacht durchgeschrieben hat, als die ersten
Sonnenstrahlen durch ihr Fenster ins Zimmer
fallen. Sie hat bereits mehrere Bücher mit
eigenen Songtexten vollgeschrieben und
immer wenn sie alleine und ein
Musikinstrument in der Nähe ist, nimmt sie
sich die Zeit und singt eins ihrer Lieder.

Manchmal wird sie von ihrer Mutter dabei erwischt, die versucht sie zu ermutigen, sich doch noch mal mit ihrem Lampenfieber auseinanderzusetzen. Sie kann nämlich nicht weiter mit ansehen, wie sich der Traum ihrer Tochter immer mehr in Luft auflöst und weiß, dass die Ausbildung im Tonstudio es nicht besser machen wird. Tag für Tag wird sie Künstler dabei begleiten, ihre eigene Musikkarriere zu starten, statt sich um ihre eigene zu kümmern. Aber Lana bleibt stur und redet sich und ihrer Mutter ein, dass es so das Beste sei.

Die neue Arbeit

Aufgeregt wacht Lana an einem heißen Sommertag auf. Verwirrt greift sie nach ihrem Handy und starrt auf den Bildschirm, der ihr das Wort «Ausbildungsbeginn!» zeigt und dabei ununterbrochen klingelt. Nervös drückt sie den Wecker weg und steht auf. Heute ist es endlich so weit und sie würde zum ersten Mal in ihrem Leben einen richtigen Job anfangen. Bisher hat sie lediglich Musikunterricht für Kinder gegeben. Aber das hat sie eher aus Spaß gemacht und nicht mit dem Ziel Geld damit zu verdienen. Heute ist das aber anders. Heute wird ihr Leben als Erwachsene endlich beginnen. Sie hat sich bereits am Vortag ein paar Klamotten raus gesucht und zieht jetzt ihre schwarze Jeans sowie ein helles Jeanshemd an. Sie will nicht zu schick dort auftauchen, aber auch nicht zu lässig. Noch einmal schaut sie in den Spiegel und betrachtet ihr Erscheinungsbild. Sie ist schon als Kind immer sehr dünn gewesen und fällt zwischen all den Mädchen in ihrer Klasse nicht besonders auf. Sie ist eher das graue Mäuschen. Weibliche Rundungen haben sich bei ihr erst sehr spät entwickelt und sind noch heute nicht besonders stark ausgeprägt. Aber das ist für sie in Ordnung. Sie will auch gar nicht durch ihre Optik im Mittelpunkt stehen und dafür viel Aufmerksamkeit ernten. Sie ist zufrieden mit ihrem Aussehen und mag besonders ihre blauen Augen am liebsten. Sie versucht sich im Spiegel anzugrinsen, formt ihre vollen Lippen zu einem Lächeln, lässt ihre weißen, geraden Zähne blitzen und entdeckt einen Krümel dazwischen. Schnell läuft sie ins Badezimmer, putzt sich die Zähne und kämmt sich anschließend noch ihre langen, braunen Haare, bevor sie dann nach unten in die Küche geht.

«Na, bist du schon aufgeregt?», sagt ihre Mutter, die gerade dabei ist, das Frühstück vorzubereiten.

«Nee, nur ein wenig», antwortet Lana und will sich nicht eingestehen, dass ihr bereits seit einer Woche immer wieder übel wird, wenn sie daran denken muss, dass ihre Ausbildung bald beginnt. Obwohl sie keinen Hunger hat, zwingt sie sich dazu, zwei Scheiben Brot zu essen und ein großes Glas Orangensaft zu trinken. Ihr Vater schaut ebenfalls kurz in der Küche vorbei, nimmt sich seinen Thermobecher mit Kaffee von der Theke und spricht Lana ebenfalls Mut zu.

«Viel Erfolg bei deinem ersten Arbeitstag und fahr vorsichtig», sagt er und geht dann zur Tür heraus.

Lana erinnert sich wieder an den Moment, als sie ihr Abiturzeugnis in der Schule entgegengenommen hat und ihre Eltern anschließend mit einer Überraschung auf sie gewartet haben.

«Weil du immer so ein braves Kind warst», sagt ihr Vater und drückt ihr dann einen Schlüssel in die Hand. Verwirrt schaut Lana auf den schwarzen Schlüssel mit Plastikverkleidung und dem Logo einer großen Automarke in ihrer Hand und versteht, was die große Überraschung ist: Ihr erstes eigenes Auto. Es ist klein und nicht besonders schnell, aber es ist ihrs.

Jetzt ist Lana mit genau diesem Auto auf dem Weg ins Tonstudio. Um sich zu beruhigen, hat sie ihr Lieblingslied angemacht, was ihr immer viel Sicherheit gibt und ihr hilft schwierige Situationen zu überstehen. Sie parkt auf dem Parkplatz für Mitarbeiter, steigt aus und läuft dann zum Empfang. Eine Frau mittleren Alters sitzt hinter dem Tresen und schaut sie erwartungsvoll an. Sie hat blonde Haare, die sie in einem ordentlichen Dutt nach oben gesteckt hat. Sie trägt ein auffälliges rotes Kleid mit weißen Punkten und ihre Nägel sind in der passenden Farbe dazu lackiert.

«Kann ich weiterhelfen?», fragt sie und mustert Lana kritisch.

«Ja, ich bin Lana und heute ist mein erster
Ausbildungstag. Ich soll mich hier melden»,
sagt sie nervös.
Sie beobachtet wie die Frau den Telefonhörer
in die Hand nimmt und eine Nummer wählt.
«Ja, hallo. Die Azubine ist gerade
angekommen. Kann sich jemand darum
kümmern?», sagt sie, während sie Lana
genervt anguckt.
«Es kommt gleich jemand. Setz dich so
lange.»
Aufgeregt nimmt Lana auf einem der Stühle
Platz und wartet darauf, wie es weitergeht.
Plötzlich geht irgendwo eine Tür auf und ein
junger, attraktiver Mann läuft auf sie zu.
Sofort richtet sich Lana auf und setzt sich
gerade hin.
«Oh, Sie übernehmen das also selbst … ich
dachte Sie schicken wen anderes», stammelt
die Frau am Empfang und verwirrt schaut
Lana auf den schönen Mann vor ihr.
«Nein, nein. Ich übernehme das immer
selbst. Alles gut, Marta», ruft er der Frau zu
und widmet sich dann Lana.
«Hallo, ich bin Tom und du bist Lana, nicht
wahr?», sagt er und hält ihr die Hand hin.
Sprachlos schaut Lana in sein strahlendes
Gesicht. Er ist höchstens Mitte 20, hat
blonde, längere Haare und blitzende, blaue
Augen. Er ist sportlich, trainiert und
mindestens 1,90m groß. Lana kann

zahlreiche Tattoos auf seinen Armen sehen,
die halb von einem schwarzen Hemd
verdeckt werden. Sie schüttelt ihm die Hand
und stellt sich vor.
«Ja, genau. Ich bin Lana», sagt sie schüchtern.
«Dann komm doch mal mit. Wir kümmern
uns erstmal um einen Mitarbeiterausweis und
dann bekommst du einen Schlüssel.
Anschließend zeige ich dir das Studio und
dann kann es auch schon losgehen», erzählt
er fröhlich.
Lana ist hin und weg und reagiert nicht
sofort, als er sich umdreht und vorlaufen will.
Er bleibt noch einmal stehen und schaut sie
erwartungsvoll an.
«Kommst du?», fragt er.
Hastig steht sie auf und folgt ihm in ein
kleines Büro.
«Bist du bereit für das Foto?», sagt er grinsend
und nimmt eine Kamera in die Hand.
Verwirrt schaut sie ihn an.
Was für ein Foto?
«Für den Mitarbeiterausweis», erklärt er, als er
ihren fragenden Blick sieht.
Schnell stellt Lana ihre Tasche auf den Boden
und kämmt sich noch einmal mit ihren
Fingern durch die Haare. Auf ein Foto war
sie so gar nicht vorbereitet.
«Keine Sorge. Du siehst gut aus», ermutigt er
sie und deutet auf eine weiße Wand, vor die
sie sich stellen soll.

Geschmeichelt durch sein Kompliment macht sich Lana bereit und lächelt in die Kamera. Tom macht ein paar Aufnahmen von ihr und zeigt ihr dann auf dem kleinen Display die Fotos. Sie steht jetzt ganz dicht neben ihm und kann seinen betörenden Duft wahrnehmen. Es ist kein Parfum, sondern sein eigener Geruch, der ihr fast den Verstand raubt.

«Hier, das ist doch gut», sagt er und zeigt ihr ein Foto, auf dem sie sehr natürlich lächelt. Lana nickt nur und schaut dann zu, wie er das Bild auf einen Computer überträgt, ihre Daten eingibt und dann druckt. Er kramt eine Hülle hervor und übergibt ihr wenig später den fertigen Ausweis.

Fasziniert hält Lana das bedruckte Stück Papier in den Händen. Ihr erster eigener Mitarbeiterausweis. Wow …

«So, dann fehlt nur noch der Schlüssel. Einen Moment», reißt er sie aus ihren Gedanken und schließt einen kleinen Schrank auf.

«Hier müsste irgendwo noch einer sein», sagt er beschäftigt, als er die vielen Boxen darin durchwühlt.

«Ah! Hier! Das ist ein Transponder, mit dem du jede Tür hier öffnen kannst. Komm, ich zeig es dir!», sagt er fröhlich und wartet darauf, dass Lana ihm wieder folgt. Sie bleiben vor einer verschlossenen Tür stehen, er hält den Transponder vor die Tür, drückt

drauf und wartet, bis es piepst. Dann drückt
er den Griff herunter und öffnet die Tür.
«Ganz einfach!»
Er überreicht Lana das runde Plastikteil und
berührt dabei ihre Hand. Erschrocken zuckt
sie zusammen, als sie seine weiche Haut auf
ihrer spürt. Aber er lässt sich zum Glück
nichts anmerken und schaut sie nur fröhlich
an.
«So, dann zeig ich dir am besten Mal das
Tonstudio», beschließt er und läuft wieder
vor. «Es ist wichtig, dass du auf die Lichter
achtest. Rot bedeutet kein Zutritt. Auch
wenn du gerufen wirst. Dann läuft eine
Aufnahme und das wäre natürlich
katastrophal, wenn du dann einfach
reingestürmt kommst. Grün bedeutet, dass
du reingehen kannst.
Dann schauen wir doch mal, ob gerade
jemand etwas aufnimmt. Ah … grün.
Wunderbar», sagt er und öffnet eine schwere
Tür, hinter der sich ein Raum voller
Instrumente befindet. Beeindruckt schaut
Lana sich um.
«Das ist der Regieraum», sagt Tom und
deutet auf den Raum vor ihr. Darin befinden
sich ein riesiges Mischpult sowie ein paar
Sitzgelegenheiten für den Tontechniker oder
inaktive Bandmitglieder. An den Wänden
stapeln sich Instrumente, vor allem Gitarren.
Und direkt vor dem Mischpult gibt es ein

großes Glasfenster, das einen Blick auf einen kleinen Raum zulässt, in dem ein Hocker sowie mehrere Mikrofone stehen.

«Da drin wird die Musik gemacht. Das ist der Aufnahmeraum», sagt Tom grinsend und öffnet die Tür. «Die Sängerin oder der Sänger steht entweder alleine am Mikro und wir mischen später alles zusammen oder wir nehmen direkt alles zusammen mit den Instrumenten auf. Letzteres ist mir ja lieber. Ich mag elektronische Musik nicht so gerne. Ein echter Musiker kann alleine durch seine Stimme und seine Gitarre überzeugen. Da braucht er keine künstlichen Beats für», sagt er verträumt und schaut auf die vielen Instrumente in der Ecke des Raumes. «Aber die Leute scheinen damit heutzutage nicht mehr so viel anfangen zu können. Die wollen es möglichst laut und künstlich. Wirklich schade.»

Lana schaut ihn an und kann voll und ganz nachvollziehen, was er damit meint.

«Ich weiß, was du meinst. Ein guter Songtext, eine ausdrucksstarke Stimme und eine Akustikgitarre reichen vollkommen aus», sagt sie mehr zu sich selbst, als zu ihm und bekommt gar nicht mit, wie Tom sie interessiert mustert. «Mir gehen diese ganzen Stars so auf die Nerven. Mit ihren Glitzerkostümchen und operierten Nasen. Du musst nicht aussehen wie ein Topmodel,

wenn deine Stimme und deine Songs
überzeugen können.»
«Himmelst du nicht wie alle anderen
Boybands und schöne Sänger an?», fragt er
belustigt.
«Nein, mir ist es egal, wie sie aussehen. Ich
verliebe mich in die Musik der Künstler.
Nicht in ihre Gesichter.» Lana will ihm noch
so viel mehr sagen, aber plötzlich werden sie
unterbrochen.
«Ach da steckst du, Tom. Wir brauchen dich
eben», sagt ein bärtiger Mann, der soeben
seinen Kopf durch die Tür gesteckt hat.
«Alles klar. Ich komm sofort, Martin. Dann
endet die Führung hier wohl. Melde dich
noch mal bei Marta. Wir brauchen noch ein
paar Formulare für die Personalabteilung.
Und dann ist es bestimmt auch schon spät
und du kannst wieder nach Hause gehen. Ja,
ich weiß. Der erste Tag ist nie wirklich
spannend», sagt er entschuldigend und
verlässt dann den Raum.
Lana bleibt zurück und muss erstmal alles auf
sich wirken lassen. Das Studio und vor allem
Tom. Noch nie hat sie einen Menschen
getroffen, der gleichzeitig so nett und
attraktiv ist. Es ist, als ob sie auf einer
Wellenlänge schwimmen würden und genau
die gleichen Vorstellungen haben, was Musik
betrifft. Lana schaut sich noch einmal in dem
Zimmer um, berührt die Gitarren, die an der

Wand stehen und fährt mit ihren Fingern vorsichtig über das Mischpult. Sie kann es gar nicht erwarten, dabei zu sein, wie talentierte und viel versprechende Künstler hier ihre Alben aufnehmen würden.

Und sie kann es auch nicht erwarten, zusammen mit Tom zu arbeiten und ihm hier jeden Tag zu begegnen. Schnell schlägt sie ihn sich aber wieder aus dem Kopf. Als ob er etwas mit ihr anfangen könnte. Sie ist doch nur eine kleine Abiturientin, die an Lampenfieber leidet und Angst davor hat, auf der großen Bühne zu stehen. Wahrscheinlich hat er eine wunderschöne Freundin, die Sängerin ist und kein Problem damit hat, vor vielen Menschen zu singen.

Langsam verlässt sie den Raum wieder und läuft zurück an den Empfang, um mit Marta zu sprechen.

«Ich soll mich hier melden. Tom hat gesagt, dass noch ein paar Formulare ausgefüllt werden müssen», sagt sie freundlich.

Marta nickt nur, reicht ihr ein paar Blätter sowie einen Stift und deutet auf einen der Tische auf der anderen Seite.

«Gib sie mir einfach wieder, wenn du fertig bist», sagt die Frau gleichgültig.

Nachdem Lana fertig ist und alles abgegeben hat, verlässt sie das Tonstudio wieder. Sie geht zu ihrem kleinen Auto, schließt die Tür auf und lässt sich erleichtert auf den Fahrersitz nieder. Das war gar nicht so schlimm, wie sie erwartet hat. Eigentlich war es sogar ziemlich gut. Sie schaltet das Radio ein und hört die vertraute Stimme eines bekannten Musikers. Er nennt sich «Masked», was eine Anspielung auf seine Kostümierung ist, mit der er öffentlich auftritt. Er ist nämlich immer grell geschminkt, so dass keiner sein Gesicht erkennen kann. Außerdem trägt er stets langärmlige und weite Sachen, damit auch niemand seinen Körper richtig erkennen oder ihn an seinen Tattoos identifizieren kann. Lana mag den Sänger wirklich gerne. Seine Stimme und seine Songs berühren sie und begleiten sie schon seit lange über schwere Zeiten hinweg. Aber das ist nicht alles. Sie mag ihn besonders gerne, weil sich seine Hörer nur auf seine Musik konzentrieren können und ihn nicht wegen seines tollen Aussehens bewundern.

Viele behaupten, dass er wahrscheinlich schreckliche Narben versteckt oder ein total entstelltes Gesicht hat und er deswegen zu diesem Mittel greifen muss, weil ihm sonst keiner zuhört. Aber Lana glaubt, dass er nichts zu verstecken und sich freiwillig dafür entschieden hat.

Gebannt hört sie dem Song zu, der eine Akustikversion seines bekanntesten Liedes ist und bei dem seine außergewöhnliche Stimme besonders gut zur Geltung kommt. Sie singt

das Lied mit und kurbelt die Fenster ihres Autos runter. Es stand die ganze Zeit in der prallen Sonne und so etwas wie eine Klimaanlage hatte es leider nicht. Währenddessen hört sich Tom an, was Martin ihm unbedingt mitteilen will.
«Also das letzte Album war wirklich gut. Deine Fans lieben die Akustikversionen deiner Songs, aber wir denken, dass du das noch toppen könntest. Wir sollten uns etwas wirklich Außergewöhnliches überlegen. Womit wir alle überraschen könnten. Willst du dir das mit der Kostümierung nicht noch mal überlegen, Tom? Das wäre wirklich unerwartet, wenn du plötzlich als Tom auftrittst und nicht mehr als Masked! Außerdem bist du jung und attraktiv. Du könntest wahrscheinlich so viele Menschen mehr ansprechen, wenn du endlich dein Gesicht zeigst. Junge Mädchen würden auf dich fliegen», sagt er und schaut Tom erwartungsvoll an.
«Nein, das hatten wir doch schon so oft, Martin. Das kommt für mich niemals in Frage. Plötzlich sehen alle nur noch mich und mein Gesicht oder meine Tattoos. Die Medien stürzen sich auf mich, die Paparazzi verfolgen mich auf Schritt und Tritt. Außerdem würde das meine Werte verraten. Es geht mir nicht mal um die Anonymität und dass ich dann nicht mehr mal eben ohne

erkannt zu werden, zum Bäcker gehen kann,
sondern darum, dass meine Musik dann
nicht mehr an erster Stelle stehen wird. Alle
werden sagen ‚Oh, da kommt der hübsche
Junge mit der tiefen Stimme‘. Das will ich
einfach nicht. Ich will für meine Lieder
bekannt sein. Nicht für mein Aussehen»,
antwortet Tom energisch.
Regelmäßig kommt sein Manager Martin
mit dem Vorschlag an, dass er doch endlich
die Kostümierung weglassen soll. Schon
damals, als er ihn unter Vertrag genommen
hat, war er von der Idee nicht begeistert. Er
hat in Tom immer den nächsten Rockstar
gesehen, dem die Frauen zu Füßen liegen und
der sich bei öffentlichen Auftritten immer
mit den angesagtesten Topmodels an seiner
Seite zeigt. Aber Toms Vorstellung ist da
irgendwie anders. Er macht sich nichts aus
dem vielen Geld, was er verdient oder den
Ruhm, den er dadurch erntet. Für ihn ist es
immer nur wichtig gewesen, dass die
Menschen seine Musik hören. Wäre er nicht
so unglaublich talentiert, dann hätte Martin
ihn niemals unter Vertrag genommen. Aber
er wusste, dass er jede Menge Geld mit ihm
verdienen konnte und versprach Tom, dass er
auf seine Wünsche eingehen würde. Bis
heute.
Die letzten Zahlen seines verkauften Albums
sind gut, aber nicht herausragend. Martin

weiß, dass er da noch viel mehr herausholen kann, wenn er doch endlich diese dämliche Schminke weglässt.

«Und jetzt will ich nicht mehr darüber reden! Ich habe noch was zu erledigen!», sagt er genervt.

«Dein Tonstudio? Mach dich doch nicht lächerlich, Tom. Wir beide wissen, dass du hier niemals einen so viel versprechenden Nachwuchskünstler wie dich selbst entdecken wirst. Konzentrier dich mal lieber auf deine eigene Musik», antwortet Martin patzig.

Tom hat genug und verlässt den Raum, ohne ihm zu antworten.

Wie kommt er überhaupt dazu, ihm zu sagen, was er kann und was nicht? Schließlich ist er der Star, der riesige Hallen füllt und nicht Martin. Zwar hätte er es ohne seine Hilfe niemals so weit gebracht, aber das bedeutete noch lange nicht, dass er ihm vorschreiben kann, was er zu tun und lassen hat.

Wütend stürmt er aus dem Tonstudio und will sich bei einem kurzen Spaziergang die Beine vertreten. Er läuft über den Parkplatz und kann aus einem der Autos ein Mädchen singen hören. Es ist eine sehr zarte, aber trotzdem auch sehr ausdrucksstarke Stimme, die ihm sehr gut gefällt. Er nähert sich und bemerkt, dass das Mädchen eins seiner Lieder mitsingt, was gerade im Radio läuft. Als er

näher hinschaut, erkennt er keine Geringere
als Lana, die er gerade noch verabschiedet hat
und jetzt davon fährt, ohne ihn bemerkt zu
haben.
Lana fährt gut gelaunt nach Hause und
erzählt ihrer Mutter ausführlich von ihrem
ersten Tag. «Und was machst du da so?», will
sie von ihrer Tochter wissen. Lana überlegt
und weiß keine Antwort darauf, schließlich
hat sie heute noch keine Aufgaben übertragen
bekommen und lediglich mit Tom das Studio
besichtigt. Sie schweigt und isst ihr
Abendessen, bevor sie dann in ihr Zimmer
läuft. Sie hat große Lust dazu Musik zu
machen und setzt sich an ihr Klavier.
Zunächst spielt sie eins ihrer Lieblingsstücke
vom Blatt, bevor sie dann die Augen schließt
und eins ihrer eigenen Lieder spielt. Wie von
selbst bilden sich die Wörter in ihrem Kopf
und passen perfekt zu der Melodie, die sie
selbst komponiert hat. Schnell schreibt sie
alles auf und ehe sie sich versieht, ist es schon
dunkel und sie sollte dringend ins Bett. Sie
kann es sich nicht mehr erlauben, die ganze
Nacht durchzuschreiben.
Sie kann es sich aber nicht nehmen, vor dem
Einschlafen noch mal an ihren neuen
Kollegen zu denken. Tom ist wirklich nett zu
ihr gewesen und immer wieder kommen ihr
seine blauen Augen in den Sinn und die

niedlichen Grübchen, die sich bilden, wenn
er lächelt.
Erschöpft von all den neuen Eindrücken
heute schläft sie ein und wacht am nächsten
Morgen noch vor ihrem Wecker wieder auf.
Sie kann es nicht erwarten, zurück ins
Tonstudio zu fahren und endlich mit ihrer
Arbeit anzufangen.

Ein einfacher Job

Fröhlich zieht sie sich an und begegnet ihren
Eltern am Frühstückstisch. Wie schon zu
Schulzeiten steht eine Schüssel mit ihrem
Lieblingsmüsli bereit und ihr Vater wünscht
ihr noch einen schönen Tag, bevor er dann
mit seinem Thermosbecher voll Kaffee aus
dem Haus geht.
Lana verabschiedet sich von ihrer Mutter und
legt die kurze Strecke mit ihrem Auto zum
Tonstudio zurück. Sie parkt ihr Auto und
nutzt dann zum ersten Mal ihren eigenen
Mitarbeiterschlüssel, um rein zu kommen.
«Hallo Marta!», sagt sie fröhlich zu der Frau
an der Rezeption, die sie gleichgültig
anschaut.
«Ah hallo … Du willst sicherlich wissen, wem
du zugeteilt bist oder?», fragt sie und geht
ihre Unterlagen durch.
Verwundert starrt Lana die Frau vor ihr an.
Was meint sie damit? Ist sie nicht Tom
zugeteilt? Würde er sie nicht einarbeiten?
«Macht Tom das nicht?», fragt sie daher
unsicher.
Marta schaut sie schief an und sie kann
sehen, dass ein amüsiertes und gleichzeitig
verächtliches Lächeln über ihre Lippen
huscht.

«Tom? Nein … der hat Besseres zu tun als sich um die neue Azubine zu kümmern. Der ist jetzt auch erstmal für ein paar Tage nicht da und kommt erst am Freitag wieder», sagt sie, während sie weiter in ihren Unterlagen sucht.

«Ah, da habe ich es ja. Genau. Ralf wird sich erstmal um dich kümmern. Ich rufe ihn an und sage dir dann Bescheid.»

Und damit schickt sie Lana weg und deutet auf den Wartebereich in der anderen Ecke des Raumes.

Plötzlich ist die Euphorie verschwunden, die sie gestern Abend noch gespürt hat. Sie hat sich doch so sehr darauf gefreut, Tom wieder zu sehen. Niedergeschlagen lässt sie sich auf das weiche Sofa nieder und wartet darauf, dass sie abgeholt wird.

«He, Mädchen!», ruft Marta ihr zu. «Du kannst durchgehen. Ralf wartet in Regieraum 2 auf dich. Einen Schlüssel hast du, oder?»

Lana nickt, steht auf und lässt sich selbst in den Bereich hinter der Rezeption rein, der zu den Studios führt. Sie schaut auf die Nummern neben den Türen und findet auf Anhieb die Nummer 2. Sie kontrolliert noch einmal, ob die Lampe grün oder rot leuchtet und drückt die Türklinke herunter, als sie sieht, dass sie grün ist.

Mehrere Männer drehen sich schlagartig nach ihr um, als sie den Raum betritt. Unsicher bleibt sie in der offenen Tür stehen.

«Hallo, ich bin Lana und ich soll mich bei Ralf melden», sagt sie, während sie von den fünf Männern streng gemustert wird.

Sie sind alle um die 40 und scheinen in einer wichtigen Besprechung zu sein. Lana hat das Gefühl, dass sie zu einem ungünstigen Zeitpunkt gekommen ist, aber dann lächelt einer der Männer und tritt auf sie zu.

«Ah hi! Ich bin Ralf!», sagt er.

Lana guckt sich den Mann genauer an. Er ist riesig und dünn. Seine langen, braunen Haare fallen ihm in Strähnen ins Gesicht, während er zu ihr läuft. Er trägt eine dunkle Jeans, die viel zu weit für seine dürren Beine ist und darüber ein T-Shirt einer bekannten Rock-Band. Er hat irgendwas Schmieriges an sich, aber Lana kann sich nicht erklären, was es genau ist.

«Ich bin einer der Aufnahmeleiter hier. Ich sorge dafür, dass alles geregelt abläuft und schaue, ob auch alle ihre Noten richtig einhalten, damit wir am Ende einen stimmigen Song bekommen. Du bist also Lana. Ja, hier bist du richtig. Mach die Tür zu und komm her. Wir besprechen gerade, ob wir es mit dieser neuen Band versuchen sollen», sagt er und erleichtert betritt sie den Raum.

Sie stellt sich neben Ralf und sieht, dass sie sich um ein Tablet versammelt haben und sich gerade einen Live-Auftritt einer ihr unbekannten Band anschauen. Sie besteht aus einer jungen Sängerin und mehreren Musikern. Lana findet sie nicht schlecht, ist aber auch nicht wirklich davon überzeugt. Aber sie sagt nichts und hört sich an, was die Männer zu sagen haben.

Plötzlich dreht sich einer zu ihr um und schaut sie an. Lana erwartet, dass sie jetzt nach ihrer Meinung gefragt wird, aber stattdessen fordert er sie auf, doch noch eine Runde Kaffee für alle zu holen.

Erstaunt schaut sie ihn an, bewegt sich dann aber doch und versucht, sich all die Kaffeewünsche zu merken.

«Zweimal schwarz, einmal mit viel Milch, einmal mit viel Milch und viel Zucker und einmal nur mit viel Zucker, richtig?», sagt sie auf und die Männer nicken nur abwesend.

Sie läuft in die Küche, versucht, die vollen Kaffeebecher auf einem Tablett wieder zurück ins Studio zu transportieren und denkt dabei nach. So hat sie sich ihren ersten richtigen Arbeitstag hier eigentlich nicht vorgestellt. Wieder setzt sie sich neben Ralf und hört dabei zu, wie sie beschließen, nur die Sängerin einzuladen, um ein Probe-Tape mit ihr zu machen. Noch einmal schauen sich die fünf ein Lied von ihr an und sofort kommt

Lana der Gedanke, dass sie das viel besser kann. Wenn da doch bloß nicht dieses blöde Lampenfieber wäre.

Die nächsten Tage verlaufen ähnlich. Sie ist mehr Ralfs persönliche Assistentin als irgendwas anderes und sorgt dafür, dass die restlichen Mitarbeiter mit Kaffee versorgt werden und die Künstler die richtigen Instrumente bekommen. Einmal darf sie sogar dabei zuschauen, wie ein Lied aufgenommen wird, aber gerade, als es interessant wird, muss sie dem Gitarrist eine Flasche Wasser bringen. Ansonsten koordiniert sie Ralfs Termine und erledigt Botengänge. Zwar ist ihr das immer noch lieber als eine Ausbildung in einer Bank oder bei einer Versicherung, aber sie hat sich trotzdem erhofft, dass sie diese Arbeit näher an die Musik bringen würde.

Lanas Song

Lana ist gerade dabei ein paar Akten für Ralf zu sortieren, als sie von ihm in einen der Regieräume gerufen wird. Sie weiß, dass heute eine wichtige Aufnahme bevorsteht und hofft, dass sie dabei zuschauen darf, aber als sie ins Studio kommt, ist die Band gerade dabei wieder alles einzupacken.
«Hey Lana. Sei so lieb und räum hier ein bisschen auf, ja? Wir gehen kurz zum Chinesen um die Ecke und essen etwas und kommen dann wieder. Wäre super, wenn die Noten dann wieder sortiert auf den Tischen liegen und die ganzen Tassen und Gläser verschwunden sind», sagt Ralf freundlich zu ihr.
Sie nickt nur und macht sich widerwillig an die Arbeit. Dass sie hier als Putzfrau fungiert, hat sie sich nicht mal in ihren schlimmsten Alpträumen vorgestellt.
Schlecht gelaunt räumt sie die Tassen weg und kümmert sich dann um die Noten, die überall verstreut auf dem Boden liegen. Sie sortiert gerade eins der Lieder, als sie feststellt, dass die zweite Seite fehlt. Sie geht alle Blätter noch einmal durch und kann es einfach nicht finden. Dann fällt ihr Blick auf den Aufnahmeraum und sieht auf den Boden mehrere weiße Blätter liegen. Sie öffnet die

Tür und sammelt das Papier zusammen. Als
sie wieder aufsteht, befindet sich das
Mikrofon plötzlich direkt vor hier. Wie
versteinert bleibt sie davor stehen und muss
unwillkürlich an den peinlichen Auftritt vor
dem Aufnahmekomitee für die
Musikhochschule denken. Sie atmet einmal
tief durch und greift dann nach dem
Mikrofon und stellt sich vor, wie sie auf einer
großen Bühne stehen würde. Sie kann die
Menschenmenge förmlich sehen, die ganz
still ist und darauf wartet, dass sie endlich zu
singen beginnt. Lana schließt die Augen,
umklammert das Mikro und beginnt
gedankenverloren eins ihrer selbst
geschriebenen Songs zu singen.
Dabei vergisst sie alles um sich herum, singt
aus voller Leidenschaft und bemerkt gar
nicht, wie die Tür des Regieraums aufgeht
und jemand hereintritt. Es ist Tom, der von
seiner Reise wieder zurück ist und nach dem
Rechten gucken will. Keiner hat ihm
Bescheid gesagt, dass die ganze Crew Essen
gegangen ist und er betritt nun einen leeren
Raum. Er will gerade wieder gehen, als er
sieht, wie Lana in dem leeren Aufnahmeraum
steht und das Mikrofon umklammert hält.
Vorsichtig schließt er die Tür hinter sich und
nähert sich der offenen Tür.
Er beobachtet durch die Glasscheibe wie sie
die Augen geschlossen hält und ein ihm

unbekanntes Lied zu singen beginnt. Und
was er da hört, verzaubert ihm vom ersten
Moment. Er kennt ihre Stimme bereits und
weiß, dass sie gut ist, aber ohne störende
Musik im Hintergrund ist sie noch besser. Sie
ist so klar und so rein und ihre Worte
berühren ihn sofort. Aufmerksam hört er zu
und fragt sich, wessen Lied sie wohl singt und
ob sie es wohl selbst geschrieben hat.
Er will nicht, dass sie bemerkt, dass er sie
beobachtet hat und schleicht sich leise wieder
heraus, bevor sie die Augen wieder öffnet.
Als Lana fertig ist, fühlt sie sich direkt viel
besser. Sie liebt es zu singen, weil sie dabei so
gut abschalten kann. Viel entspannter räumt
sie die restlichen Dinge zusammen und nur
wenig später ist das Team mit den Musikern
auch wieder zurück. Gut gelaunt wird sie von
Ralf begrüßt, der sie die restliche Zeit
zugucken lässt, ohne dass sie Getränke für die
Crew holen muss.
Lana beobachtet wie die Sängerin allein im
Aufnahmeraum steht und wie ihre Stimme
durch die Lautsprecher in den Regieraum
dringt. Es klingt wunderschön und nicht nur
Lana ist davon total verzaubert, sondern auch
der Rest der Mitarbeiter. Sie schaut zu, wie
die Band die Akustikversion des Liedes
aufnimmt und sieht die Leidenschaft in den
Augen der Musiker. Sie wünscht sich so sehr,
dass sie das auch irgendwann mal erleben darf

und ihre eigene Platte aufnimmt. Aber noch
kann sie es sich nicht mal vorstellen, dass sie
ihre Lieder auch nur einer Person vorspielen
würde. Nicht mal eine Tonaufnahme davon.
«Perfekt! Ich denke, wir haben es!», schreit
Ralf und reißt Lana damit aus ihren
Gedanken. «Ihr könnt alle Feierabend
machen.»
Sie verabschiedet sich von ihren Kollegen und
als sie auf den Flur tritt, kann sie ihren Augen
kaum trauen. Da steht Tom, der sich gerade
mit einem Tonassistenten unterhält. Er sieht
sie und lächelt ihr zu. Sie lächelt zurück und
läuft dann weiter. Wie gerne würde sie sich
kurz mit ihm unterhalten, aber wieso sollte er
sein Gespräch unterbrechen, um mit ihr
reden zu können?
Plötzlich berührt sie jemand von hinten. Sie
bleibt stehen und dreht sich neugierig um.
Hoffentlich ist es nicht Ralf, der ihr doch
noch ein paar Botengänge aufdrückt. Aber es
ist nicht Ralf, sondern Tom, der ihr jetzt
gegenüber steht und sie anstrahlt.
«Hey Lana! Wie hast du deine ersten Tage
hier verbracht? Ich hoffe, Ralf war nicht so
streng mit dir», sagt er und schaut sie
erwartungsvoll an.
Wieder kann sie nicht sofort antworten, weil
sie von seinen blauen Augen fasziniert ist. Sie
funkeln und strahlen jedes Mal, wenn er mit
ihr spricht.

«Äh … nein. Alles okay. Ralf war nett zu mir», sagt sie. Zwar würde sie ihm lieber davon berichten, dass sie sich wie seine persönliche Sklavin gefühlt hat, aber sie will auch keinen schlechten Eindruck bei ihm machen.

«Oh, dann hat er sich wohl geändert. Sonst benutzt er die Azubis immer dazu, damit sie Botengänge machen oder Kaffee holen», antwortet er erstaunt.

«Hmm … na ja doch. Das musste ich schon machen, aber ich fand das nicht schlimm», lügt sie.

«Ach nein? Ich dachte, du bist hier um zu lernen, wie Musik gemacht wird», fragt er provozierend. Sofort bereut Lana ihre Antwort.

«Doch, das bin ich. Aber ich bin ja gerade erst am Anfang», versucht sie sich noch zu retten und das scheint Tom zufrieden zu stellen.

«Ja, das stimmt. Ab Montag bin ich wieder da und dann nehme ich dich mal mit. Da wirst du auch mehr machen müssen, als nur Kaffee holen. Bis dann!», sagt er und rennt dann einem der Aufnahmeleiter hinterher. Sprachlos starrt Lana ihm hinterher und plötzlich bessert sich ihre Laune schlagartig. Auf ihrem Gesicht bildet sich ein breites Grinsen und leichtfüßig spaziert sie durch den Flur nach draußen zu ihrem Auto. Selbst

die mürrische Marta kann ihre Laune nicht
mehr verderben. Sie kann es kaum erwarten,
dass das Wochenende vorüber geht und sie
endlich wieder zurück ins Tonstudio gehen
kann.
Den Freitag verbringt sie damit ihre
Lieblingsmusik zu hören und einfach nur
abzuschalten. Am Samstag ist sie mit alten
Freunden aus der Schule verabredet. Sie
wollen etwas trinken und feiern gehen.
Eigentlich ist Lana selten dafür zu begeistern.
Sie liebt Musik zwar und mag es, wenn sie
richtig laut aufgedreht wird und sie dazu
tanzen kann, aber ihre Freunde bestehen
jedes Mal darauf in einen Club zu gehen, der
nur elektronische Musik spielt. Doch an
diesem Wochenende ist sie so motiviert und
voller Energie, dass sie zustimmt.
Ausgiebig macht sie sich Samstagabend dafür
fertig, zieht sogar einen engen Rock an, statt
ihre geliebten Jeans und trägt ein wenig
Make-up auf. Als sie bei einer Freundin zum
Vorglühen eintrifft, sind alle von ihrem
Erscheinungsbild total begeistert.
«Wow Lana! Du siehst ganz anders aus!»,
schreit eine Freundin ihr entgegen.
Plötzlich wird sie auch von männlichen
ehemaligen Klassenkameraden ganz anders
wahrgenommen und sie spürt die
interessierten Blicke auf sich.

Der Abend ist lustig und alle erzählen von ihrem neuen Leben. Lana hört sich begeistert die Abenteuer ihrer Freunde im Ausland an oder nickt desinteressiert, als einer von seiner Ausbildung in der Bank erzählt.
«Und bei dir, Lana?», will plötzlich jemand wissen und alle starren sie gespannt an.
«Ähm … ich mache eine Ausbildung in einem Tonstudio und bisher läuft es ziemlich gut. Ich darf dabei sein, wenn Musiker ihre Platten aufnehmen und kann auch mitentscheiden, ob eine Band produziert wird oder nicht», lügt sie.
Lana will nicht erzählen, dass sie bisher nur Kaffee geholt oder aufgeräumt hat. Ihre Freunde haben, ähnlich wie ihre Mutter, immer gedacht, dass sie als Musikerin eine große Karriere machen würde. Jeder weiß, wie hart sie geübt hat, um an der Hochschule aufgenommen zu werden und wie viel ihr die Musik bedeutet. Dass sie eine Ausbildung in einem Tonstudio machen will, kann nie jemand nachvollziehen. Daher will sie ihren Freunden nicht die Genugtuung gönnen, indem sie ihnen erzählt, dass es in Wirklichkeit ganz anders ist, als sie sich das vorgestellt hat.
Außerdem hofft sie noch auf nächste Woche und darauf, dass es mit Tom ganz anders wird.

«Wow … das klingt ja cool», sagt Nina, die ehemalige Sitznachbarin von Lana. «Dann lernst du ja auch die ganzen Stars kennen. Wer nimmt da denn so seine Platten auf?», will sie noch wissen.

«Öh … es sind eher Newcomer und unbekannte Bands. Der Studiobesitzer will Nachwuchstalenten die Chance geben groß raus zu kommen und das klappt halt nur mit einer gut produzierten Platte», sagt sie und alle nicken verständnisvoll.

Sie scheint die anderen überzeugt zu haben und jeder widmet sich jetzt wieder seinem Drink, damit sie bald aufbrechen können.

An diesem Abend erhält Lana unerwartet viel Aufmerksamkeit von sämtlichen Männern. Sie bekommt Getränke ausgegeben, wird angetanzt und angesprochen. Aber sie will auf keine dieser Angebote eingehen, weil sie nur noch an Tom denken kann. Keiner kann ihm das Wasser reichen oder ist es wert auch nur eine weitere Minute mit ihm zu verbringen. Trotzdem genießt Lana den Abend in vollen Zügen und kehrt im Morgengrauen nach Hause zurück.

Während Lana ein entspanntes Wochenende verbringt, bedeutet die fertige Tonaufnahme für Ralf jede Menge Arbeit. Er muss das Material durchgehen, neu zusammen mischen und schneiden. Er muss entscheiden, ob es reicht oder ob sie einige

Lieder wiederholen müssen. Daher arbeitet er bis tief in die Nacht und geht noch einmal das gesamte Material durch.

Dabei fällt ihm auf, dass das Mikrofon weiter gelaufen ist, als die gesamte Crew zum Essen raus ist. Genervt verflucht er seinen Mitarbeiter, der nicht aufgepasst hat und will gerade das nutzlose Material löschen, als er auf einmal eine ihm unbekannte Stimme hört. Sie gehört einem Mädchen, was sich scheinbar in den Aufnahmeraum geschlichen und angefangen hat zu singen. Ralf überlegt, wer nach ihm dort drin war und erinnert sich daran, dass er Lana aufgetragen hat, alles aufzuräumen. Er hört genauer hin und kann ihr diese zarte und zerbrechliche, gleichzeitig aber auch wunderschöne Stimme zuordnen. Sie singt ein Lied, was er noch nie gehört hat, was ihm aber sofort ins Ohr geht.

Sein geschultes Gehör springt direkt darauf an und er weiß, dass dieser Song das Potenzial hat ein Riesenhit zu werden. Er schneidet das Lied aus und kopiert es auf sein Handy und brennt es zur Sicherheit noch auf CD, bevor er es dann von den Aufnahmen löscht. Er will nicht, dass einer seiner Kollegen davon Wind bekam und es ihm womöglich klaut.

Er beendet seine Arbeit und als er das Studio verlässt, ist er der Letzte. Er betritt sein riesiges Appartement und obwohl es bereits mitten in der Nacht ist, macht sich keine Müdigkeit bei ihm bemerkbar. Zu aufregend ist die Entdeckung, die er gerade gemacht hat. Er ruft sich noch einmal Lanas Erscheinung ins Gedächtnis. Sie ist jung und zart, hat wahrscheinlich Potential, um als Singer- und Songwriterin eine akzeptable Platte auf den Markt zu bringen, aber nicht um ein Superstar zu werden. Dafür fehlen ihr die Ausstrahlung und das Durchsetzungsvermögen. Er braucht eine andere Sängerin, um das Lied neu aufzunehmen und daraus einen Hit zu machen.

Ralf geht in Gedanken all die Sängerinnen durch, die ihn in den letzten Jahren umgehauen haben. Sie haben alle kräftige Stimmen, sind wunderschön und sexy. Sie können das Publikum mit ihrer Ausstrahlung in den Bann ziehen und er sieht sie bereits auf Millionen von Zeitschriftencovern. Zusammen mit einer von ihnen würde er diesen Song in einen Nummer 1 Hit verwandeln und ordentlich Kohle damit scheffeln. Er macht die Nacht durch und ruft sofort am nächsten Morgen eine Sängerin an, die er für am besten geeignet hält.

Sie heißt Kira und ist Mitte 20. Bisher ist der Erfolg ausgeblieben, weil sie zwar die Stimme und das Aussehen zu einer erfolgreichen Sängerin hat, aber kein Talent zum

Schreiben. Ralf hat sie irgendwann mal bei einem Dorffest gesehen, auf dem sie mit einer Amateurband Coversongs gespielt hat. Er ist, wie die anderen Männer, beeindruckt von ihrer Erscheinung und von ihrer kräftigen Stimme gewesen und lässt sich ihre Handynummer geben, damit er sich bei ihr melden kann, sobald sich eine Gelegenheit dazu ergibt.

Und die ist jetzt gekommen.

Dreister Diebstahl

«Hey Kira, hier ist Ralf. Ich hoffe, du erinnerst dich noch an mich. Ich bin Aufnahmeleiter in einem großen Tonstudio. Ich hätte hier einen fertigen Song für dich, den ich gerne mit dir produzieren würde», sagt er und kann Kiras Euphorie am anderen Ende der Leitung förmlich spüren.
«Natürlich erinnere ich mich. Das klingt ja fantastisch. Wann soll ich vorbei kommen? Ich kann eigentlich immer!», schreit sie fast ins Telefon.
Sie vereinbaren, dass Kira direkt am Nachmittag ins Tonstudio kommt und sie erste Probeaufnahmen machen. Kaum einer würde da sein und sie dabei sehen können. Vor allem nicht Lana.
Als Ralf auflegt, muss er sich selbst noch einmal auf die Schulter klopfen. Der Song passt perfekt zu Kira und mit der richtigen musikalischen Untermalung würde der sicherlich einschlagen wie eine Bombe.
Er bereitet alles vor und fährt frühzeitig in das Studio. Weil keiner am Empfang sitzt, hat er Kira Bescheid gegeben, dass sie ihn anrufen soll, sobald sie vor dem Eingang steht.

Er ist gerade dabei das Mikro richtig
einzustellen, als er ihren Namen auf seinem
Display stehen sieht.
«Hallo?», fragt er.
«Ja hi. Ich stehe jetzt vor dem Eingang», hört
er die aufgeregte Kira sagen.
Erwartungsvoll läuft er durch den Flur und
vor der gläsernen Tür steht die Frau, die er
vor einigen Monaten noch auf der Bühne
gesehen hat. Sie hat lange schwarze Haare;
helle Augen, die eine Mischung aus braun
und grün sind und einen gebräunten Teint.
Ihr Körper ist schlank, aber trotzdem
weiblich und ihre Kurven betont sie mit
einem knappen, schwarzen Kleid. Ihre
nackten Füße stecken in hohen Sandalen und
an ihrem Unterarm baumelt eine kleine
Tasche in einem grellen rot. Sie ist schon
damals wirklich eine Erscheinung gewesen
und daran hat sie auch heute nichts geändert.
Gut gelaunt öffnet Ralf die Tür und lässt die
junge Frau herein.
«Wie geht es dir?», fragt er sie und begleitet
sie in den Regieraum.
«Ah, mir geht es seit heute Morgen richtig
gut. Ich bin so aufgeregt!», plappert sie drauf
los.
Ralf hört gar nicht genau hin, sondern kann
sich nur auf ihre langen Beine konzentrieren.
Er greift nach den Notenblättern und reicht
sie ihr.

«Also, das hier ist der Song. Ich werde dir gleich noch eine erste Probeversion davon vorspielen, die die Songwriterin aufgenommen hat. Sie konnte leider heute nicht dabei sein, aber sie ist schon ganz gespannt auf das Endergebnis», lügt er und gibt ihr ein Paar Kopfhörer.

Gespannt setzt sie sich Kira auf und wartet darauf, dass Ralf den Play-Knopf drückt.

Die ersten Takte erklingen und Lanas zarte Stimme beginnt das Lied zu singen, in das sie so viel Herzblut reingesteckt hat.

Auch Kira ist sofort verzaubert und setzt sprachlos die Kopfhörer wieder ab.

«Wow … aber die Stimme passt doch perfekt. Ich finde, es ist gut so, wie es ist. Wieso soll ich das singen?», fragt sie erstaunt.

Das ist nicht die Reaktion, die Ralf erwartet hat, aber für diesen Fall hat er sich eine gute Ausrede überlegt.

«Die Songwriterin möchte nicht auf der Bühne stehen. Sie hat großes Lampenfieber und bleibt lieber im Hintergrund», sagt er und erzählt damit sogar die Wahrheit, obwohl ihm das nicht bewusst ist.

«Ah, verstehe okay. Dann werde ich den Song mal üben», sagt sie und setzt sich die Kopfhörer wieder auf, um ihn mitzusingen.

«Okay, ich lasse dich kurz alleine und komme gleich wieder zurück. Ich habe noch etwas zu erledigen», sagt er und verlässt den Raum.

Er weiß, dass es die richtige Entscheidung ist, Kira dafür zu nehmen und er stellt sich jetzt schon vor, was er mit all dem Geld machen wird, was er dadurch verdient.

Er ruft einen befreundeten Produzenten an, der schon viele Künstler groß rausgebracht hat und der genau der richtige Ansprechpartner ist. Auch Tom hat bereits mit ihm zusammen gearbeitet und mehrere Hits mit ihm veröffentlicht.

«Hey Kai, hier ist Ralf. Ich hätte da etwas Neues für dich. Eine total ausdrucksstarke Sängerin mit einem Lied, das dir Gänsehaut bereiten wird. Ich kann dir die Aufnahme gerne nächste Woche vorspielen, wenn du sowieso bei uns im Studio bist», spricht er auf die Mailbox des Produzenten.

Er beantwortet noch ein paar Mails und erledigt ein wenig Papierkram, bevor er dann zurück zu Kira in den Regieraum geht.

«Na, wie läuft es?», fragt er sie und sie strahlt ihn an.

«Ich glaube, du hattest Recht. Das ist wirklich genau mein Song», sagt sie und beginnt ihn zu singen.

Mit ihrer Stimme wirkt er total verändert und vermittelt eine völlig andere Botschaft, aber er ist trotzdem immer noch sehr gut. Ralf ist begeistert und will sofort mit der Aufnahme beginnen.

Die zwei arbeiten fleißig und haben am
Abend tatsächlich eine fertige Aufnahme, die
Ralf dem Produzenten vorspielen kann. Er
lädt Kira noch zum Essen ein und verstaut
die Aufnahmen sicherheitshalber in seiner
Tasche, damit sie nicht in die falschen Hände
geraten.

Ein Geständnis

Mit einem heftigen Kater wacht Lana am Sonntagmorgen auf und freut sich schon auf den kommenden Tag. Sie hat sich nichts vorgenommen und kann sich endlich mal wieder auf ihre Musik konzentrieren. Sie will neue Songs schreiben und komponieren und endlich mal wieder stundenlang an ihrem Klavier sitzen.

Erst als ihre Mutter abends mit einem Tablett voller Essen in ihr Zimmer kommt, bemerkt sie, wie die Zeit verflogen ist.

«Ich habe dich kein einziges Mal in der Küche gesehen und wollte sichergehen, dass du heute zumindest eine Mahlzeit zu dir nimmst», sagt ihre Mutter liebevoll und stellt das Essen auf ihrem Tisch ab.

Lana bedankt sich, lässt es aber links liegen, weil sie sofort weitermachen möchte und arbeitet noch bis tief in die Nacht an neuen Liedern.

Erst, als sie ihre Augen kaum noch aufhalten kann, schaltet sie das Licht aus und geht endlich schlafen. Sie hat ganz vergessen, dass am nächsten Morgen wieder der Arbeitsalltag beginnt und dass sie endlich nicht mehr Ralf hinterher räumen muss, sondern zusammen mit Tom arbeiten wird.

Auch als ihr Wecker am nächsten Morgen viel zu früh klingelt und sie sich noch im Halbschlaf anzieht und ihr Müsli herunterschluckt, ist ihr nicht bewusst, was ihr heute bevorsteht. Trotz Kaffee ist sie noch nicht richtig wach, als sie am Tonstudio ankommt und durch die Tür läuft. Sie begrüßt Marta und will sich gerade auf die Suche nach Ralf begeben, da ruft ihr Marta hinterher, dass Tom bereits in Regieraum 3 auf sie wartet.

«Tom?», fragt sie verwundert.

«Ja, du bist ihm zugeteilt. So steht es hier zumindest. Ist das ein Fehler?», antwortet sie leicht genervt.

Erst da erinnert sich Lana wieder an die Absprache von Freitag.

«Nein, nein. Alles gut!», ruft sie Marta noch hinterher, als sie durch die Tür läuft und sich in die Richtung der Aufnahmeräume bewegt. Sie kontrolliert, ob das Licht rot oder grün leuchtet und öffnet dann vorsichtig die schwere Tür. Sofort schaut Tom auf und strahlt sie an.

«Ah hi Lana! Wie geht's dir? Wie war dein Wochenende?», will er von ihr wissen.

«Hi, ähm das war gut. Ich war mit Freunden unterwegs», antwortet sie.

«Cool. Wart ihr feiern oder was habt ihr gemacht?», bohrt er weiter. Er scheint sich wirklich für ihr Leben zu interessieren.

«Ja, genau. Wir waren feiern.»
«Gestern auch noch?»
«Nein, gestern war ich den ganzen Tag zu
Hause.»
«Ach so … du wirkst etwas verschlafen», sagt
er mit einem leichten Grinsen.
Lana ist es peinlich, dass sie so
unausgeschlafen zur Arbeit kommt und
überlegt, ob sie ihm erzählen soll, was sie
gemacht hat. Das würde sicherlich besser
ankommen als eine durchzechte Nacht.
«Ich habe gestern die ganze Zeit an meinem
Klavier gesessen und ein paar Songs
geschrieben», sagt sie dann zögerlich.
Tom schaut hoch und guckt sie interessiert
an.
«Ach, du schreibst selbst?», will er von ihr
wissen.
«Ja, schon seit ein paar Jahren. Ich spiele
Klavier, Gitarre und singe selbst», erzählt sie
ihm.
«Und wieso bist du dann in einem Tonstudio
gelandet und nicht auf der Bühne? Wieso
verschwendest du deine Zeit damit, hinter
der Glasscheibe zu sitzen und den Künstlern
dabei zuzuschauen, wie sie ihren Traum
verwirklichen?»
Lana fühlt sich ertappt. Sie kann doch jetzt
unmöglich zugeben, dass sie ihre
Aufnahmeprüfung versemmelt hat, weil sie
an fürchterlichem Lampenfieber leidet.

«Ich denke nicht, dass ich so gut bin, um mit
meiner Musik Erfolg zu haben», sagt sie
stattdessen kleinlaut.
Tom guckt sie ernst an.
«Aber wenn du es nie versucht hast, weißt du
das doch nicht und wirst es niemals wissen.
Du solltest es doch zumindest probiert
haben, um später sagen zu können, dass du
alles versucht hast!», sagt er im ernsten
Tonfall.
Lana fühlt sich unwohl und möchte das
Thema wechseln, aber wahrscheinlich würde
Tom sowieso nicht locker lassen, wenn er
nicht den wahren Grund dafür kennt.
«Also gut. Ich habe mich vor einem Jahr bei
einer Hochschule beworben. Es war immer
mein Traum dort eine professionelle,
musikalische Ausbildung zu erhalten. Ich
habe schon als kleines Kind angefangen.
Meine Eltern haben es mir ermöglicht nicht
nur Klavier- sondern auch Gesangsunterricht
zu bekommen. Schon früh habe ich dann
damit angefangen, selber Songs zu schreiben
und wollte immer nur eine berühmte
Musikerin werden. Als Kind hat es mir nie
was ausgemacht vor anderen zu singen. Auf
Familienfeiern konnte ich es nicht erwarten,
endlich die Aufmerksamkeit meiner
Verwandten zu bekommen und für sie singen
zu dürfen, aber als ich älter geworden bin, hat
sich irgendwie schlimmes Lampenfieber bei

mir entwickelt. Ich stand auf der Bühne und habe keinen Ton mehr raus bekommen. Bei der Aufnahmeprüfung war es dann am schlimmsten. Ich stand da auf der Bühne, an dem wichtigsten Tag meines Lebens und meine Hände haben so sehr geschwitzt, dass ich die Klaviertasten nicht richtig getroffen habe und abgerutscht bin. Und dann musste ich singen und habe keinen Ton raus bekomme. Ich habe in die Gesichter der Jury geguckt, die ihre Köpfe geschüttelt haben und sich wahrscheinlich dachten, wieso ich überhaupt hergekommen bin. Ich verschwende ja eh nur ihre kostbare Zeit. Naja und dann habe ich den Traum aufgegeben. Wie soll ich denn jemals eine berühmte und erfolgreiche Musikerin werden, wenn ich es nicht mal schaffe, vor fünf Leuten zu singen? Das klappt doch niemals.»

Lana schaut auf den Boden, als sie Tom ihre Geschichte erzählt und spürt plötzlich seine Hand auf ihrer Schulter.

«Okay. Das verstehe ich. Aber wenn es wirklich dein Traum ist, dann solltest du daran arbeiten. Irgendwann wird es besser und vielleicht liebst du es ja auch auf der Bühne zu stehen», versucht er sie zu trösten.

«Ja, vielleicht sollte ich das. Aber erstmal will ich mich nicht mehr damit beschäftigen und diesen peinlichen Auftritt einfach nur

vergessen», erwidert sie und hofft, dass sich das Thema damit erledigt hat.
Tom sieht ihren verzweifelten Blick und will sie nicht weiter mit dem Thema nerven. Er spricht sie auch nicht darauf an, dass er sie singen gehört hat und daran glaubt, dass sie es schaffen kann. Wahrscheinlich will sie das sowieso nicht von noch einem hören.
Stattdessen drückt er ihr einen Kopfhörer in die Hand und zeigt ihr die Aufnahme einer Band, die am Nachmittag vorbei kommen will.
«Ich habe die Band bei einem kleinen Konzert gesehen. Ich habe bis nach dem Auftritt gewartet und sie gefragt, ob sie mal vorbeikommen wollen, damit wir ein paar Probeaufnahmen machen, um zu gucken, ob sie auch auf Platte gut rüberkommen und wir sie dann vielleicht an ein paar Produzenten schicken», sagt er und drückt den Play-Knopf.
Sofort erkennt Lana, was ihm an der Band gefällt, obwohl die Aufnahme sehr schlecht ist, weil sie nur mit dem Handy gemacht wurde. Der Sänger hat eine sehr sanfte und beruhigende Stimme. Die Gitarrenmusik und die Klänge des Schlagzeuges passen perfekt dazu und drücken eine ganz besondere Stimmung aus. Die Zeilen des Songs berühren sie und automatisch breitet sich ein

Lächeln auf ihrem Gesicht aus, als das Stück endet.

«Dir gefällt es, oder?», sagt Tom grinsend und überhaupt nicht überrascht. Er wusste, dass sie damit etwas anfangen kann.

«Ja, es ist wirklich wunderschön», antwortet sie und will den Song am liebsten noch einmal hören.

«Dann sollten wir mit der Arbeit beginnen und ich zeige dir endlich, wie das in einem Tonstudio abläuft. Da steckt nämlich viel mehr dahinter, als nur ein paar Tasten zu drücken, wenn die Band ihre Lieder singt. Ich stell dir später dann auch mal mein Team vor, die dafür verantwortlich sind, dass alles richtig läuft», sagt Tom motiviert und springt dabei auf.

Lana kann es kaum erwarten, all das von ihm gezeigt zu bekommen und hat jetzt endlich das Gefühl, dass sie hier wirklich etwas lernen wird.

Tom setzt sich an einen der Stühle am Mischpult und ruft Lana zu sich. Er erklärt ihr ausführlich jeden einzelnen Knopf und was er bewirkt, wenn er ihn drückt. Er schiebt die Regler rauf und runter, damit sie hören kann, wie sich der Sound verändert und zeigt ihr die vielen Monitore. Endlich bringt ihr jemand etwas bei, statt sie nur Kaffee holen zu schicken.

Irgendwann werden sie von einem Klopfen unterbrochen und ein junger Mann steckt seinen Kopf durch die Tür.

«Tom? Wir haben alles vorbereitet und die Band ist jetzt da. Wir können jetzt mit den Aufnahmen beginnen», sagt er und verschwindet dann wieder.

Erstaunt gucken sich die Beiden an. Keiner von ihnen hat bemerkt, dass die Zeit so verflogen ist. Tom ist richtig darin aufgegangen, Lana all die Abläufe und die Technik zu erklären, während sie wissbegierig alles in sich aufgesogen und zahlreiche Fragen gestellt hat.

«Gut, dann hoffe ich mal, dass die Band gut drauf ist und das nicht wieder bis mitten in die Nacht dauert», sagt Tom fröhlich und steht auf, um die Band in einem der Aufenthaltsräume zu treffen.

Lana steht ebenfalls auf und folgt ihm. Sie betreten das großzügige Zimmer, das mit vielen Sitzgelegenheiten ausgestattet ist und den Musikern die Möglichkeit bietet, sich zwischen den Aufnahmen zurückzuziehen. Auch die Mitarbeiter nutzen ihn häufig, wenn sie mal wieder eine Nachtschicht einlegen müssen.

Lana blickt in die jungen Gesichter der Bandmitglieder. Sie sind kaum älter als sie und strahlen als sie Tom sehen. Sie begrüßen

sich freundschaftlich und Lana schüttelt den
vier Jungs die Hände.

«Das hier ist Lana. Sie macht ihre Ausbildung
bei uns und wird uns heute begleiten. Das ist
doch sicherlich in Ordnung, oder? Ihr gefällt
eure Musik genau so gut wie mir», erklärt
Tom der Band, die mit ihrer Anwesenheit
total locker umgehen.

«Natürlich ist das in Ordnung», sagt der
Sänger und die vier schnappen sich ihre
Instrumente und folgen Tom in den
Regieraum.

«Ich würde sagen, wir fangen damit an alles
komplett aufzunehmen. Mit den
Instrumenten. Und später machen wir dann
noch ein paar Gesangsaufnahmen, die nur
mit einer Akustikgitarre begleitet wird,
okay?», fragt Tom in die Runde und die Band
nickt nur. Sie fangen an ihre Instrumente in
den Aufnahmeraum zu tragen und alles
aufzubauen.

Lana schaut gespannt dabei zu und darf
direkt neben Tom sitzen, der heute den Job
des Aufnahmeleiters übernimmt. Die Band
legt los und Tom gibt immer wieder
Anweisungen, wenn sie etwas wiederholen
sollen und lobt die Band ständig, wenn es
einwandfrei geklappt hat. Lana kann es sich
nicht nehmen, immer wieder zu ihm
rüberzuschauen und sieht, wie er richtig in
seiner Arbeit aufgeht und wie viel ihm daran

am Herzen liegt, dass die Aufnahmen gut werden.

Nach vielen Stunden sind sie fertig und die Bandmitglieder bauen ihre Instrumente wieder ab und bedenken sich noch einmal ausführlich bei Tom für die Chance.

«Nichts zu danken, Jungs. Ich denke, das wird richtig gut ankommen. Ich melde mich dann noch mal bei euch und schicke euch eine Kopie der fertig gemischten Aufnahme», sagt er und verabschiedet sich.

Aus Gewohnheit beginnt Lana die losen Notenblätter auf dem Boden aufzusammeln und zu ordnen.

«Das musst du nicht machen», unterbricht Tom sie. «Es war ein langer Tag und es ist schon spät. Du kannst auch nach Hause gehen.»

Lana wirft einen Blick auf die Uhr und ist erstaunt, dass es bereits so spät ist.

«Ich habe gar nicht gemerkt, wie die Zeit verflogen ist», antwortet sie gedankenverloren. Der Tag kam ihr vor wie ein einziger Traum und sie wollte gar nicht, dass er endet.

«Ja, das kommt oft vor, wenn man etwas mit voller Leidenschaft macht», sagt Tom und lächelt sie an. «Aber morgen geht es ja schon weiter. Also, mach, dass du nach Hause kommst!»

Und damit scheucht er sie aus dem Studio.

Auch die nächsten Tage verlaufen ähnlich.
Lana ist dabei, wie sich Tom das
aufgenommene Material anhört, es mischt
und schneidet. Sie lernt unglaublich viel und
ist sehr dankbar, dass Tom sich so viel Mühe
mit ihr gibt und so geduldig ist.
«Kannst du dir eigentlich so viel Zeit für
mich nehmen?», fragt sie ihn irgendwann.
«Klar, wieso sollte ich nicht?», will er
verwundert wissen.
«Naja, du bist mit mir doch bestimmt viel
langsamer. Meckert der Boss nicht, wenn du
etwas später fertig hast als gewöhnlich?»
Lana wusste gar nicht, wer genau der Boss des
Studios war. Sie hat ihr Bewerbungsgespräch
damals bei einem seiner Vertreter gehabt, den
sie bis heute ebenfalls nicht mehr zu Gesicht
bekommen hat. Sie stellte sich daher immer
vor, dass der Besitzer ein schwer beschäftigter
Mann ist, der durch die Welt reiste und nicht
nur Studios besitzt, sondern auch Produzent
und Manager ist. Oder vielleicht ein
berühmter Musiker, der das hier alles nur
zum Spaß macht.
«Ach nein. Das ist schon in Ordnung so»,
antwortet Tom geistesabwesend.
Lana kann ja nicht ahnen, dass er der Besitzer
und das hier tatsächlich nur ein ziemlich
zeitaufwendiges Hobby ist, das mit Glück
auch etwas Geld abwirft.

«Tom? Darf ich dich unterbrechen?», ruft
plötzlich eine männliche Stimme in den
Raum hinein.
Weder Lana noch Tom haben bemerkt, dass
sie plötzlich gestört werden, da sie so in ihre
Arbeit vertieft sind.
«Klar, was gibt es?», will er von seinem
Kollegen wissen.
«Kai ist gerade angekommen. Er will
sicherlich auch mit dir sprechen.»
Genervt verdreht Tom die Augen und Lana
schaut ihn fragend an.
«Ach, das ist nur so ein Produzent, mit dem
ich vor langer Zeit mal zusammen gearbeitet
habe. Aber unsere Vorstellungen von guter
Musik sind inzwischen ziemlich …
unterschiedlich. Er will was für die breite
Masse, was gut im Radio klingt und ich will
halt echte Musiker mit Herzblut. Naja, du
kannst ja so lange weiter machen und ich
höre mir mal an, was er zu sagen hat», erklärt
er Lana.
Bewundernd schaut sie ihm hinterher. Sie
findet es toll, dass er so für seine Ideale
eintritt und nicht dem Geld hinterherjagt.

Die Wahrheit kommt ans Licht

Als Tom in den Meetingraum kommt, unterbricht er Ralf gerade dabei, wie er Kai einen neuen Song vorspielt. Es ist ein poppiges Lied, das mit vielen elektronischen Tönen auskommt, aber die Stimme der Sängerin ist wirklich gut und er kann sich vorstellen, dass der Songtext viele junge Mädchen anspricht.
«Wer ist das?», will Tom neugierig wissen und drückt noch einmal den Play-Knopf als das Lied zu Ende ist.
«Ach, so eine Sängerin, die ich vor ein paar Monaten mal auf so einer Dortparty gesehen haben. Ziemlich beeindruckende Stimme, nicht wahr?!», sagt Ralf stolz.
«Ziemlich beeindruckender Song», sagt Kai nachdenklich und hört noch einmal genauer hin. «Wer hat es geschrieben?»
«Das war ich», lügt Ralf.
«Ich wusste gar nicht, dass du schreiben kannst», antwortet Tom und konzentriert sich dann wieder auf den Song. Es kommt ihm so bekannt vor. Die Worte hat er schon mal gehört und auch die Melodie weckt Erinnerungen in ihm.

«Hast du auch eine Akustikversion davon, wo
man nur die Sängerin hört?», fragt Kai und
sofort wählt Ralf eine andere Datei aus.
«Natürlich», sagt er stolz und spielt ihm das
Lied in einer anderen Version ab.
Als Tom das Lied hört, was plötzlich mehr
wie eine Ballade klingt, fällt ihm wieder ein,
woher er es kennt.
Das ist doch Lanas Song!
«Und das hast du ganz alleine geschrieben,
ja?», bohrt er noch einmal nach.
«Ja, ist mir letztens nach einer Aufnahme
einfach so in den Sinn gekommen. Ich
schreibe öfters Mal etwas. Aber hier hatte ich
das Gefühl, dass das wirklich etwas werden
könnte», lügt Ralf dreist.
«Ja. Das Gefühl habe ich auch. Das ist
wirklich gut. Das ist wirklich genial. Vor
allem die Melodie und der Text. In der
Akustikversion gefällt es mir sogar noch etwas
besser. Daraus könnte man echt etwas
machen. Wie sieht die Sängerin aus? Ist sie
für die große Bühne geeignet? TV-Auftritte?»,
will Kai sofort wissen.
«Kira ist auf jeden Fall für die große Bühne
gemacht. Sie hat eine unglaubliche
Ausstrahlung und Präsenz. Ich sehe sie schon
Hallen füllen!», antwortet er euphorisch.
Er stellt sich vor, wie er mit ihr durch die
Welt jettet und sich endlich jeden Luxus

leisten kann, von dem er schon so lange geträumt hat.

«Wo sind denn die anderen Aufnahmen? Du hast doch bestimmt nicht nur das eine Lied mit ihr gemacht, wenn du jetzt schon Touren planst, oder?»

Tom hat ihn bereits durchschaut und weiß, dass er nicht mehr Material hat. Wahrscheinlich wurde Lanas spontaner Gesang damals zufällig aufgenommen und Ralf ist der erste gewesen, der es entdeckt hat und will jetzt seinen Nutzen daraus ziehen.

«Ähm doch. Ich habe erstmal nur das gemacht und wollte gucken, ob es überhaupt gut ankommt. Was sagst du Kai, willst du das gemeinsam mit mir angehen?», fragt er den Produzenten erwartungsvoll.

«Ja, auf jeden Fall!», sagt er energisch.

Tom überlegt, wie er Ralf auffliegen lassen kann.

Es würde nicht reichen, wenn er sagt, dass Lana den Song geschrieben hat. Er muss das schon irgendwie beweisen können.

«Ich bin neugierig, Ralf. Wie bist du auf die Lyrics gekommen? Es klingt ja schon eher nach einem jungen Mädchen, was sich nach Liebe sehnt. Das hätte ich gar nicht von dir erwartet, dass du dich in die Gefühlswelt eines Teenagers hinein versetzen kannst», sagt Tom provozierend.

Er weiß, dass Ralf diese Frage sicherlich aus dem Konzept bringen wird und er keine Antwort darauf hat.

«Ich stecke halt voller Überraschungen!», versucht er der Frage auszuweichen.

Langsam hat er den Verdacht, dass Tom ihm auf die Schliche gekommen wist. Schließlich hing er ja ständig mit Lana rum und vielleicht hat sie ihm das Lied irgendwann mal vorgesungen.

Ihm wird plötzlich furchtbar heiß und Schweiß bildet sich auf seiner Stirn. Er weiß nicht, wie er aus dieser Nummer wieder rauskommen soll.

«Ich habe noch eine Frage zum Verständnis, Ralf. In der zweiten Strophe, da heißt es irgendwas mit unüberbrückbaren Differenzen. Was genau meinst du damit? Ist ja sicherlich auch für Kai wichtig zu wissen, damit er das Beste aus dem Stück rausholen kann», bohrt Tom weiter.

Er guckt zu Kai, der nur nickt und gespannt auf Ralfs Antwort wartet.

«Ähm … na ja damit ist der Streit zwischen ihr und ihrem Freund gemeint», stammelt er vor sich hin.

«Mit ihrem Freund? Aber in der nächsten Strophe heißt es doch, dass sie sich so sehr jemanden an ihrer Seite wünscht. Wie passt das denn zusammen, wenn sie doch einen Freund hat?»

Ralf gibt auf.

«Was willst du von mir, Tom? Was willst du hören?», blafft er ihn jetzt an.

«Gib zu, dass das Lied nicht von dir ist. Du hast es geklaut. Und zwar von Lana. Die hat es gesungen, als du sie den Aufnahmeraum aufräumen lassen hast und dann ist die Aufnahme irgendwie in deine Hände geraten, habe ich nicht Recht?»

Geschockt guckt Kai jetzt Ralf an.

«Ist das wahr?», will er von ihm wissen.

Ralf guckt beschämt zu Boden. Er hat wirklich gedacht, dass er damit durchkommen wird.

«Ja, aber das Mädchen ist eine graue Maus. Man müsste so oder so eine andere Sängerin dafür nehmen. Ich habe erkannt, dass das Lied Potenzial hat und habe mich darum gekümmert, dass es von einem Produzenten gehört wird. Früher oder später hätte ich sie schon darin eingeweiht und sie natürlich am Gewinn teilhaben lassen», versucht er sich jetzt zu retten.

Tom schaut ihn nur verächtlich an.

«Lana bringt das Lied 100 Mal besser rüber, als jede andere Sängerin auf der Welt. Wenn es jemand schaffen kann, dass der Song zu einem Hit wird, dann nur sie.»

Interessiert blickt Kai jetzt zu Tom.

«Ist das so? Ich weiß, dass wir in letzter Zeit unsere Differenzen hatten, Tom. Aber ich wollte sowieso wieder eine andere Richtung einschlagen und mal etwas Neues versuchen. Das ist eigentlich genau das, was ich schon lange suche. Ein absolut natürliches Mädchen mit einer bezaubernden Stimme und Songtexten, die der Jugend von heute aus der Seele spricht. Ich würde das Mädchen wirklich gerne mal kennen lernen. Wie war noch mal ihr Name?»

«Lana», antwortet Tom vorsichtig. Er will einerseits nicht, dass so jemand wie Kai sie produziert und sie zu einer austauschbaren Sängerin macht, andererseits weiß er auch, dass Kai sein Handwerk wirklich verstand und das eine einmalige Gelegenheit für Lana ist.

«Also gut. Ich stell sie dir vor, aber vorher muss ich noch mit ihr sprechen», sagt Tom und steht auf.

«Und du Ralf … du kannst deine Sachen packen. Ich will dich nicht länger in meinem Studio sehen», sagt er wütend zu ihm. Schockiert schlägt der sich die Hände über den Kopf zusammen. Er ist heute hergekommen, um das große Geld zu verdienen, nicht um gefeuert zu werden. Tom hört noch, wie er von Ralf wüste Beleidigungen an den Kopf geworfen bekommt, ignoriert sie aber und macht sich auf den Weg zu Lana.

Eine unerwartete Gelegenheit

Als er die Tür öffnet und das junge Mädchen am Schreibtisch sitzen sieht, geht sein Herz auf. Er mag sie wirklich gerne und will nur das Beste für sie.

«Hey, kann ich mal kurz mit dir reden?», fragt er und setzt sich neben sie.

«Klar», antwortet sie unsicher und unterbricht ihre Arbeit. Er wirkt so Ernst und sie hat Angst, dass sie etwas falsch gemacht hat.

«Also … wir haben gerade eine ziemlich ungewöhnliche Situation hier. Ralf, der Aufnahmeleiter beziehungsweise ehemalige Aufnahmeleiter, hat eben dem Produzenten, von dir ich dir vorhin noch erzählt habe, ein Lied vorgespielt. Er hat es zusammen mit einer unbekannten Sängerin aufgenommen und gehofft, dass Kai daraus jetzt einen Welthit macht. Er denkt, dass er das schaffen könnte, denn das Lied ist gut. Wirklich gut. Ich denke das auch. Aber die Sängerin ist überhaupt nicht dafür geeignet und Ralf hat auch ziemlich viel daran kaputt gemacht und es unnötig aufgebauscht. Das Lied braucht nur eine schöne Stimme und eine leise Akustikgitarre, weil es auch ganz alleine wirkt durch seinen schönen Songtext. Und jetzt

fragst du sicherlich, wieso ich dir das alles
erzähle, nicht wahr?

Ich habe dich letztens gehört, als du den
Aufnahmeraum aufgeräumt hast. Du hattest
deine Augen geschlossen, als ins Zimmer
gekommen bin und ich habe mich wieder
rausgeschlichen, ehe du fertig warst. Ich
wollte dich noch darauf ansprechen und dir
sagen, was für ein großes Talent du hast und
dass du wirklich das Zeug dazu hast, auf den
großen Bühnen dieser Welt zu stehen. Aber
dann hast du mir von deinem Lampenfieber
erzählt und dem Auftritt vor der Jury. Und
dann wollte ich dich damit nicht weiter
nerven oder Druck machen.

Die Sache ist nun folgende: Nicht nur ich
habe das Lied gehört, sondern auch Ralf. Der
hat sogar eine Aufnahme davon, weil die
Mikros irgendwie weiter gelaufen sind, als
keiner mehr da war. Das kommt eigentlich
sonst nie vor, aber dieses Mal ist es halt
passiert. Er hat ebenfalls das Potenzial in dir
erkannt beziehungsweise in dem Lied und hat
es mit nach Hause genommen. Er wollte eine
andere Sängerin dafür haben und hat dann
irgendeine Barbie gefunden, die es für ihn
singt.

Zusammen mit ihr hat er es dann
aufgenommen und dann eben dem
Produzenten vorgespielt. Der war total
begeistert. Aber Ralf wusste ja nicht, dass ich

das Lied auch gehört habe und ziemlich
schnell bemerkt habe, dass es nicht sein Werk
war. Er ist also damit aufgeflogen. Ralf wird
keinen Cent damit verdienen. Und die arme
Sängerin auch nicht.
Kai findet aber trotzdem, dass das Lied
wirklich gut ist, was ich übrigens auch denke
und würde es gerne mit dir versuchen. Er hat
mir gesagt, dass er schon lange auf der Suche
nach frischem Wind ist und gerne etwas
Neues probieren will. Angeblich würdest du
da perfekt passen.
Ich weiß, ich habe vorhin schlecht über Kai
gesprochen, aber wenn es jemand schafft, dass
deine Musik von jedem gehört wird, dann ist
es er.»
Tom hat seinen Monolog beendet und schaut
Lana erwartungsvoll an. Ihr Kopf brummt
und sie weiß nicht, was sie denken soll. Nicht
nur, dass sie dabei erwischt worden ist, wie sie
im Aufnahmeraum ins Mikro gesungen hat,
sondern auch, dass das Lied dabei
aufgenommen und von mehreren Leuten
gehört wurde.
Ihr ist es unangenehm, dass vor allem Tom
jetzt ihre Texte kennt und will sich am
liebsten verkriechen.
«Was sagst du?», will Tom von ihr wissen und
reißt sie aus ihren Gedanken.
Sie hat den Rest völlig vergessen, sondern sich
nur darauf konzentriert, dass Leute ihre

Stimme und ihren Text gehört haben. Sie schaut ihn fragend an.

«Kai, der Produzent, würde dich gerne kennen lernen», wiederholt er noch einmal. «Er ist vom Lied total begeistert und ich denke, dass er auch deine Stimme lieben wird.»

Sprachlos schaut sie ihn an. Ein Produzent ist von ihrem Lied begeistert und wollte sie kennen lernen? Das konnte doch nur ein Traum sein.

«Möchtest du mit ihm sprechen?», fragt Tom jetzt mit etwas mehr Nachdruck.

Lana nickt nur und schaut dann zu, wie Tom aufsteht.

«Kommst du?», sagt er und streckt seine Hand nach ihr aus.

Er führt sie an der Schulter raus aus dem Raum und läuft mit ihr in den Konferenzraum, in dem er eben noch zusammen mit Ralf und Kai gesessen hat. Ralf ist inzwischen verschwunden, aber Kai sitzt immer noch am gleichen Platz und tippt gerade etwas in sein Handy ein.

«Ah, da bist du ja wieder», sagt er und steht auf. «Und du musst Lana sein. Hallo, ich bin Kai», stellt er sich bei ihr vor und schüttelt ihre Hand.

«Also Lana, wie ich gehört habe, scheinst du eine begnadete Sängerin zu sein. Leider hat Ralf die Originalaufnahme deiner Version

nicht mehr dabei, aber wenn sie nur halb so
gut ist wie die Akustikversion der anderen
Sängerin, dann sehe ich da Großes auf dich
zukommen.»
Noch immer völlig perplex starrt Lana auf
den Angst einflößenden Mann vor ihr. Kai ist
Anfang 50 und bestimmt 1,90m groß. Er ist
eine Mischung aus elegantem Geschäftsmann
und Biker, der immer und überall mit seiner
Maschine hinfährt. Er trägt eine helle,
abgewetzte Jeans und dazu spitze Lederboots.
Darüber ein dunkles Hemd und eine teuer
aussehende Lederjacke. An seinem
Handgelenk baumelte eine riesige Uhr. Sein
Gesicht war mit Falten überzogen, aber die
Hälfte davon wurde eh mit einem dichten
Bart bedeckt. Genau wie sein Kopf, der mit
dichten schwarzen Haaren bewachsen ist, die
von mehreren grauen Haaren durchzogen
sind.
Lana versucht sich wieder auf seine Worte zu
konzentrieren und nickt nur.
«Ich bin wirklich gespannt auf deine Stimme.
Wäre es möglich, irgendwas zu hören. Gibt es
auf Aufnahmen oder so?», will Kai von ihr
wissen.
Lana schluckt und schaut sich ängstlich nach
Tom um. Sie will ihm auf keinen Fall etwas
vorsingen.
«Nein, noch nicht. Aber die werden wir in
den nächsten Tagen machen und dann kann

ich sie dir schicken. Lana hat noch viele
andere Songs geschrieben, nicht wahr?»,
versucht Tom, ihr jetzt zu helfen. Er weiß,
dass sie ihm jetzt nichts vorsingen wird und
will seine Aufmerksamkeit auf ihre anderen
Songs lenken.
«Ja, das ist wahr. Ich schreibe schon seit
Jahren und habe jede Menge Material», sagt
sie schüchtern.
«Das klingt ja wunderbar. Spielst du auch
selbst Gitarre? Könntest du dich selbst auf der
Bühne begleiten? Ich stelle mir gerade vor,
wie du erstmal auf exklusiven
Club-Konzerten spielen wirst. Winzige
Bühne. Nur du und deine Gitarre. Das ist
genau das, was die Leute heute hören
wollen», erwidert Kai euphorisch.
Bei Lana dagegen macht sich wieder die
Angst breit. Sie kann sich ganz und gar nicht
vorstellen, dass sie vor Publikum spielen wird.
Trotzdem versucht sie sich
zusammenzureißen und nickt.
«Ja, ich spiele Gitarre und Klavier», antwortet
sie leise.
«Perfekt! Also gut, dann warte ich einfach
darauf, dass Tom mir die Aufnahmen
zukommen lässt und dann setzen wir uns am
besten noch einmal zusammen und
besprechen alles Weitere!»
Kai steht auf und schüttelt Lana noch einmal
die Hand.

«Hat mich wirklich sehr gefreut. Und es würde mich noch mehr freuen, wenn wir in Zukunft miteinander arbeiten würden.»
Tom begleitet Kai nach draußen und lässt Lana alleine in dem großen Konferenzraum sitzen. Als er zurückkommt, guckt er in ihr ängstliches Gesicht.
«Ich weiß nicht, ob ich das kann!», sagt sie zitternd.
Tom setzt sich neben sie und versucht sie zu beruhigen.
«Du kannst das. Das weiß ich. Wir fangen erstmal mit den Aufnahmen an. Wir können einfach das Mikro mitlaufen lassen und du bist ganz alleine im Raum. Das bekommst du schon hin. Und dann schicken wir das Material Kai zu. Ich denke zwar nicht, dass er nicht total hin und weg sein wird, aber wenn dies trotzdem der Fall sein sollte, dann musst du dir keine weiteren Gedanken mehr darüber machen. Und wenn er wirklich eine Platte mit dir aufnehmen will, dann bekommen wir das auch schon irgendwie hin. Wir hängen einen großen Vorhang vor die Scheibe oder schicken alle raus. Du musst ja auch nicht auf Tour gehen. Das wird dann dein Ding: ‚Das Mädchen, was nur im Tonstudio singt‘ oder so», scherzt er und tatsächlich muss Lana darüber lachen. Sie will es zumindest versuchen. Allein schon, um Tom nicht zu enttäuschen.

«Geh am besten nach Hause und schlaf noch
mal drüber. Vielleicht suchst du ja auch
schon mal deine Lieblingssongs von dir
heraus, damit wir die Aufnahmen möglichst
zeitnah machen können, falls du dich dafür
entscheiden solltest», sagt er verständnisvoll
und tätschelt noch einmal ihren Arm.
Lana nimmt sein Angebot an und macht sich
auf den Weg, um nach Hause zu fahren. Sie
kann sich kaum auf die Straße konzentrieren,
weil sie nur an die letzte Stunde denken
kann. Jemand hat sie beim Singen gehört.
Tom hat sie gehört und ein Produzent ist von
ihrem Song begeistert und will eine Platte mit
ihr aufnehmen. Als sie früher als gewohnt
nach Hause kommt, steht ihre Mutter gerade
in der Küche und bereitet das Abendessen
vor.
«Hey mein Schatz. Du kommst heute früh.
Ist irgendetwas vorgefallen?», fragt sie, als sie
in Lanas besorgtes Gesicht sieht. Sie erzählt
ihrer Mutter, was gerade passiert ist, die ihre
Sorge nicht nachvollziehen kann.
«Aber das ist doch super! Wenn der wirklich
so erfolgreich ist, wie dieser Tom sagt, dann
ist das doch genau das, was du immer
wolltest! Oder machst du dir immer noch
Gedanken wegen deines letzten Auftrittes?
Das war doch eine ganz andere Situation. Die
kannten dich nicht und du standest unter
enormen Druck. Du wirst jetzt nur vor

Leuten singen, die dich bereits kennen und
gut finden», versucht sie ihre Tochter zu
ermutigen.
Lana weiß das, trotzdem bereitet es ihr noch
immer Bauchschmerzen, wenn sie daran
denkt, dass sie singen muss, wenn jemand sie
hören kann.
«Such doch schon mal deine Lieder
zusammen und nimm unbedingt das eine
Lied, was ich so gerne mag», fordert ihre
Mutter sie auf und widmet sich dann wieder
der Paprika auf ihrem Schneidebrett.
Langsam trottet Lana in ihr Zimmer und holt
ihr Notizbuch mit all ihren Songtexten
hervor. Sie beginnt sie Stück für Stück
durchzugehen, ihre Lieblingslieder
auszusuchen, und fertigt Kopien davon an.
Jetzt hat sie 12 herausgesucht, schließt die
Kopfhörer an ihr E-Klavier an und beginnt
die Noten zu spielen. Sie spürt, wie es ihr
augenblicklich besser geht, als sie die Musik
auf ihren Ohren hört und schließt ihre
Augen. Ihre Finger fliegen wie von selbst über
die Tasten und finden jeden richtigen Ton.
Als sie fertig ist, spürt sie ein Kribbeln in
ihrem Körper. Vielleicht hat ihre Mutter
Recht und es wäre etwas anderes, wenn sie
vor Leuten spielen würde, die ihre Musik eh
schon kennen. Sie könnte die Aufnahmen
zusammen mit Tom machen und dann
gucken, was passiert. Wenn es Kai gefällt,

dann würde sie schon bald ein Album mit ihm produzieren und die ganze Welt könnte endlich ihre Musik hören, ohne dass sie auf den großen Bühnen stehen muss.
Motiviert packt sie die Noten in ihre Tasche, setzt sich noch mal zu ihren Eltern, um mit ihnen zu Abend zu essen und wartet dann gespannt den nächsten Tag ab.

Ich glaub an dich

Als sie am Morgen pünktlich im Tonstudio eintrifft, wird sie sofort von Tom zur Seite genommen.

«Und? Hast du es dir überlegt? Machen wir die Aufnahmen?», fragt er aufgeregt. Lana findet es süß, wie sehr er mit ihr mitfiebert und kann sich ein Grinsen nicht verkneifen.

«Ja, wir machen die Aufnahmen», sagt sie und sofort wird sie von Tom in einen der freien Regieräume gezogen.

«Wunderbar! Ich hoffe, du hast auch ein paar Songs mitgebracht», ruft er, während er beginnt alles vorzubereiten und das Mikrofon auszurichten.

«Ja, habe ich natürlich dabei», antwortet Lana und zieht die Blätter aus ihrem Rucksack. Neugierig schnappt sich Tom die Seiten und geht die Texte durch und stellt sich im Kopf die Melodie dazu vor.

Nervös beobachtet Lana ihn dabei, wie er gerade dabei ist ihre intimsten Gedanken zu lesen. Sie hat ihre Songtexte schon lange niemandem mehr gezeigt. Nur das Lieblingslied ihrer Mutter ist mehreren Leuten bekannt, weil sie es damals extra für ihren Geburtstag geschrieben hat, als sie damals noch in der Lage war vor Publikum zu spielen.

«Wow … die sind wirklich gut», sagt Tom
bereits nach kurzer Zeit, als er ein paar Songs
durchgegangen ist.
«Wie wollen wir es machen?», fragt er
aufgeregt.
«Soll ich rausgehen? Sollen wir die Scheibe
verdunkeln? Willst du nur singen? Brauchen
wir eine Gitarre oder vielleicht ein Klavier?
Oder brauchst du jemand anderen, der dich
begleitet? Ich kann Klavier und Gitarre
spielen.» Tom schaut sie euphorisch an und
sie muss erstmal all seine Fragen durchgehen
und sich überlegen, was sie machen will.
«Ich brauche ein Klavier und du darfst dabei
sein. Wir müssen die Scheibe nicht
verdunkeln», sagt sie sicher.
Erstaunt guckt Tom sie an. Das hatte er nicht
erwartet. Aber er freut sich darüber, dass sie
ihm offensichtlich so sehr vertraut.
Tom beginnt ein Klavier in den
Aufnahmeraum zu schieben und stellt die
Instrumente zum Aufnehmen ein. Lana ist
sehr nervös, versucht sich aber nichts
anmerken zu lassen. Immer wieder redet sie
sich ein, dass Tom ihre Musik super findet
und ihr auch Fehler unterlaufen dürfen. Es ist
keine Prüfung, sondern nur eine
Probeaufnahme, damit ein interessierter
Produzent ihre Stimme hören kann.
«Du kannst reingehen. Es steht alles bereit.
Lass dir so viel Zeit, wie du willst. Ich sag dir

Bescheid, wenn die Aufnahme startet und dann kannst du einfach anfangen. Du schaffst das. Ich glaub an dich!», redet ihr Tom gut zu.

Lana nimmt ihre Texte, auch wenn sie eh jedes einzelne Lied auswendig kann und platziert sie auf dem Notenständer am Klavier. Sie setzt sich hin, zieht das Mikrofon direkt vor ihren Mund und atmet tief durch. Tom hat das Klavier so platziert, dass sie mit dem Rücken zu ihm sitzt und nicht mitbekommt, wie er sie beobachtet. So fühlt sie sich schon viel sicherer.

Sie atmet noch einmal tief durch, legt ihre Finger auf die Tasten und beginnt dann ihren ersten Song zu spielen. Es ist das Lied, was Ralf ihr geklaut und was Tom damals gehört hat. Wieder schließt sie wie damals die Augen und beginnt zu singen. Wie immer, wenn sie so sehr in ihre Musik vertieft ist, verschwimmt alles um sie herum und sie kann sich nur noch auf die Worte konzentrieren, die ihren Mund verlassen. Wie automatisch singt und spielt sie und denkt gar nicht mehr darüber nach, dass sie gerade in einem Tonstudio sitzt und nicht wie sonst in ihrem Zimmer.

Als sie fertig ist, dreht sie sich nicht zu Tom um, sondern wählt direkt ein anderes Lied aus. Wieder singt und spielt sie, als ob es nur für sie selbst wäre. So macht sie weiter, vergisst die Zeit vollkommen und hat schon bald ihre 12 Songs fehlerfrei eingespielt. Als sie die letzten Notenblätter auf den Klavierdeckel legt und nach neuen greifen will, bemerkt sie erst, dass sie bereits fertig ist. Überrascht dreht sie sich nach Tom um, der sie begeistert anschaut. Er reckt den Daumen nach oben, um die Aufnahme nicht zu unterbrechen. Lana streckt ihren ebenfalls hoch, setzt ihre Kopfhörer ab und verlässt dann den Aufnahmeraum.

«Das war der Wahnsinn», sagt Tom und nimmt Lana in den Arm. Auch sie schließt die Arme um ihn und fühlt sich ihm für einen Moment ganz nah.

«Wir müssen das nicht mal wiederholen. Das reicht vollkommen, um Kai von dir zu überzeugen.»

Lana ist erleichtert. Einerseits, weil sie die Aufnahme fehlerfrei hinter sich gebracht hat und andererseits, weil sie ihre Angst zum ersten Mal seit langen wieder überwunden hat. Es ist überhaupt nicht schlimm gewesen, vor Tom zu spielen. Im Gegenteil: Es war richtig schön und sie freut sich über die Bestätigung, die er ihr danach gegeben hat. Sie kann sehen, wie sehr ihre Musik ihn berührt hat. Genau das ist es, was sie früher immer angetrieben hat. Sie will mit ihren Texten Menschen erreichen und ein gutes Gefühl vermitteln.

«Ich mach das sofort fertig und leite ihm das
weiter», sagt er, steht auf und setzt sich sofort
wieder hin. «Ach verdammt. Ich habe total
vergessen, dass ich heute noch einen
wichtigen Termin habe. Ich bin sowieso nicht
so schnell im Schneiden und Abmischen wie
die anderen hier. Macht es dir was aus, wenn
ich die Aufgabe wem anders anvertraue? Wir
müssen ja keinem sagen, dass du das auf der
Aufnahme bist.»
Lana erwartet ein stechendes Gefühl in ihrer
Brust, weil noch eine weitere Person ihre
Stimme und Texte hören würde, aber da ist
nichts. Sie will sogar, dass noch mehr Leute
sie hören können.
«Nein, das ist total in Ordnung. Du kannst
auch gerne meinen Namen drauf schreiben.
Ich denke, das ist okay.»
«Wunderbar! Dann kann ich dich jetzt alleine
lassen? Du hast sicherlich noch ein paar
Aufgaben von gestern, denen du dich
widmen kannst, oder?»
Wieder nickt sie und beobachtet dann, wie er
aus der Tür raus läuft. Nach dem Erlebnis
von eben fühlt sie sich ganz anders. Plötzlich
ist da keine Angst mehr, dass irgendjemand
sie hören und sie dann verurteilen könnte,
sondern nur noch Vorfreude, dass möglichst
viele Menschen demnächst ihre Musik hören
werden.

Sie hofft, dass Kai von den Aufnahmen
überzeugt ist und erledigt dann ihre
Aufgaben.
Währenddessen stürmt Tom in sein Büro und
trifft dann, wie erwartet, auf seinen Manager
Martin.
«Ah, da bist du ja endlich, Tom!», sagt er
ernst.
«Hör mal, ich weiß du hörst das nicht gerne,
aber wir müssen uns jetzt wirklich etwas
einfallen lassen. Dass du etwas Neues raus
gebracht hast, ist jetzt schon länger her. Mal
abgesehen von deinem Akustikalbum. Wie
sieht es denn aus? Hast du neue Songs? Oder
kannst du irgendwas vorweisen? Ich weiß, dir
liegt viel an diesem Tonstudio und du steckst
da gerade dein ganzes Herzblut rein, aber
deine Fans wollen was sehen. Sonst wirst du
bald in Vergessenheit geraten. Wolltest du
nicht demnächst auf Tour gehen? Du wirst
vor leeren Hallen spielen, wenn du bis dahin
nichts Neues präsentieren kannst», sagt er
und guckt Tom an.
Einerseits weiß er, dass er Recht hat,
andererseits hat er jetzt wirklich etwas anderes
zu tun, als sich hinzusetzen und neue Songs
zu schreiben. Er weiß, dass Großes auf Lana
zukommen würde und will sie auf jeden Fall
unterstützen. Seine Karriere kann er hinten
anstellen. Erstmal will er sich um ihre

kümmern. Trotzdem braucht er etwas, womit er Martin besänftigen kann.
«Ich überlege mir was. Ich will im Sommer unbedingt auf Tour gehen und ich werde schon eine Lösung finden, damit ich nicht in Vergessenheit gerate. Vertrau mir!», sagt er und wie es aussieht, glaubt Martin ihm.
«Okay, aber wenn du nicht weiterkommst, sag mir Bescheid. Du bräuchtest auch gar kein neues Album, wenn du einfach nur bereit wärst, deine Maske abzulegen.»
Dazu ist Tom auf keinen Fall bereit, stimmt ihm aber trotzdem zu, damit er ihn in Ruhe lässt.
Er schickt ihn raus und setzt sich stattdessen an seinen Schreibtisch, um zu telefonieren. Er wählt die private Nummer von Kai, der sofort reagiert.
«Hey Tom! So schnell habe ich noch gar nicht mit einem Anruf gerechnet. Wie sieht es mit den Aufnahmen aus? Wann schickst du sie mir zu?», fragt er neugierig.
«Sie werden gerade geschnitten und verarbeitet. Ich kann sie dir spätestens heute Abend zukommen lassen. Ach und noch was. Wie hast du dir das mit Lana vorgestellt? Also wenn du ihr Album produzieren wirst? Willst du sie als Songwriterin verkaufen, die immer nur exklusive Konzerte in kleinen Clubs spielen wird oder meinst du, dass sie für die

großen Bühnen gemacht ist?», will er besorgt von Kai wissen.

Er weiß, dass sich Lana auf Letzteres auf keinen Fall einlassen wird.

«Wenn sie bei mir einen Vertrag unterschreibt, dann wird sie auf den größten Bühnen dieser Welt stehen. Ich will das Mädchen richtig groß machen. Alle sollen ihren Namen kennen. Alle sollen sie live sehen wollen. Das wird großartig. Stell sie dir doch mal auf all den großen Festivals vor, wie sie mit Blumen im Haar und einem weißen Hippiekleid und am besten auch noch barfuß über die Bühne tänzelt, mit ihrer Gitarre in der Hand. Das wird super, sag ich dir. Wirklich großartig!»

Das ist nicht unbedingt das, was er hören will, andererseits will er auch nicht ihr Lampenfieber erwähnen und ihre Chancen damit zunichtemachen. Wenn Kai an einen Künstler glaubt, dann setzt er alles daran, um ihm zu einer großen Karriere zu verhelfen und das will Tom auch für Lana.

Er legt auf und besucht seinen Mitarbeiter Chris, der für Lanas Tonaufnahme zuständig ist.

«Hey, wie läuft es?», fragt er und steckt seinen Kopf in den winzigen Raum. Chris guckt von seinem Computer auf und sieht seinen Chef begeistert an.

«Mann, wer ist das Mädchen? Das ist ja großartig! Hast du sie neu entdeckt oder ist das eine bekannte Künstlerin, die du überreden konntest, hier eine Platte aufzunehmen?»

Tom muss unwillkürlich grinsen. Er hat keine andere Reaktion erwartet.

«Erzähl es nicht überall herum, aber das ist Lana. Das Mädchen, was vor ein paar Wochen ihre Ausbildung hier begonnen hat», sagt er verschwörerisch und schaut in Chris erstauntes Gesicht.

«Was? Nicht dein Ernst?! Diese kleine, graue Maus? Das hätte ich ja niemals gedacht! Ich bin bald fertig damit. Es war ja nicht viel zu machen.»

Zufrieden geht Tom zurück in sein Büro und erledigt noch ein paar Anrufe, bevor es an der Tür klopft und Chris ihm eine CD sowie einen Stick auf den Schreibtisch legt.

«Fertig!», sagt er nur und verschwindet leise wieder, damit Tom sein Telefonat beenden kann. Er zieht die Dateien auf seinen Laptop und bereitet eine Mail an Kai vor:

«Hi Kai, anbei Lanas Aufnahmen. Melde dich, wenn du sie gehört hast. Tom»

Er sendet die Mail los und wartet zufrieden auf Kais Reaktion, die sowieso positiv ausfallen wird.

Nur wenige Minute später nachdem er sein anderes Telefonat beendet hat, klingelt sein

Handy. Er schaut auf das Display und sieht,
dass es Kai ist.

«Hey Tom. Ich bin gerade dabei mir die
Platten anzuhören. Das ist wirklich mehr, als
ich mir erwünscht habe. Das ist wirklich
großartig. Sie ist wirklich großartig! Ich
verschiebe heute meine Termine und komme
bei euch vorbei. Ist sie da? Ich muss sofort
mit ihr sprechen!», sagt er euphorisch.

Nicht mal Tom hätte erwartet, dass es so
schnell gehen würde. Wahrscheinlich hat Kai
Angst, dass sie ihm irgendwer vor der Nase
wegschnappen wird, wenn er jetzt keinen
Vertrag mit ihr macht.

Tom besucht Lana und schaut eine Weile zu,
wie sie konzentriert vor sich hinarbeitet,
bevor er sie unterbricht.

«Hey, darf ich dich kurz stören?», fragt er
vorsichtig.

Sie guckt auf und nickt.

«Also … Kai hat die Aufnahmen gehört und
ist begeistert. Er kommt gleich direkt vorbei.»
Schockiert schaut sie ihn an.

«Was?! Jetzt schon? Ich dachte, das würde
jetzt mindestens eine Woche dauern oder
wenn nicht sogar noch länger!», sagt sie
verwundert.

«Ja, das ist normalerweise auch der Fall, aber
er ist hin und weg und will dir
wahrscheinlich sofort einen Vertrag
andrehen. Ach ja … und noch was», beginnt

er und setzt sich ihr gegenüber. Er schaut sie ernst an.

«Kai hat oft Visionen, wenn er einen Künstler zum ersten Mal sieht. Er stellt sich direkt vor, was zu ihm passen könnte und was nicht. Er will natürlich in erster Linie viel Geld mit dir machen und dazu gehört, dass du eben erfolgreich wirst. Und dich sieht er auf den großen Bühnen. Er hat mir verraten, dass du wunderbar auf eine Festivaltour passen würdest. Also das sind dann wirklich fast 100.000 Menschen, vor denen du spielst. Ich will dir jetzt keine Angst machen, ich will dir das nur sagen, bevor er dir das gleich erzählt und dich das total unvorbereitet trifft.»

Damit hat Lana eigentlich sowieso gerechnet. Sie kann sich auch gar nicht vorstellen, dass ein erfolgreicher Produzent sie unter Vertrag nimmt und dann keine Tourneen mit ihr plant. Wie soll sie sonst berühmt werden, wenn die Fans keine Chance haben sie live zu sehen?

«Ich habe mir das schon gedacht und ich denke, dass es in Ordnung geht», sagt sie. Erstaunt guckt Tom sie an. Damit hat er jetzt nicht gerechnet.

«Wirklich? Was ist mit deinem Lampenfieber?»

«Ich muss mich der Angst stellen. Wie du schon gesagt hast, es ist keine Prüfung und

wenn jemand zu meiner Show kommt, dann
mag er meine Musik.»
Tom ist überrascht und kann gar nicht
glauben, was sie da gerade gesagt hat, aber
natürlich freut er sich sehr darüber. Lana hat
in den letzten Wochen so viel gelernt und
scheint so viel stärker geworden zu sein, dass
er kaum abwarten kann, wie sie sich
weiterhin entwickelt. Er schaut sie an und
spürt plötzlich, wie sehr er sich von ihr
angezogen fühlt. Vor ihr sitzt nicht mehr das
kleine Mädchen, das gerade mit der Schule
fertig geworden ist. Nein, vor ihm sitzt jetzt
eine erwachsene Frau, die sich ihren Ängsten
stellen will, um ihren Traum zu
verwirklichen. Sie schaut ihn nun ebenfalls an
und sieht, dass Tom sie anguckt. Sie wirft
ihm ein unsicheres Lächeln zu und da ist es
um ihn geschehen. Er kann sich nicht länger
zurückhalten und beugt sich zu ihr vor,
streckt seine Hand nach ihrem Gesicht aus,
um sie zu küssen. Aber bevor er ihre Lippen
erreicht, klopft es an der Tür und Marta
streckt ihren Kopf herein. Erschrocken
drehen sich die Beiden um.
«Entschuldigung für die Störung, aber Kai ist
da und wartet auf dich, Tom!», sagt sie und
guckt Lana böse an.
Sie ist schon lange in Tom verliebt, aber
selbst nach Jahren in diesem Tonstudio hat er
ihr nicht mal das du angeboten. Und jetzt ist

da dieses kleine dumme Mädchen, für das er sich plötzlich so interessiert.

Er schaut wieder Lana an.

«Bist du bereit?», fragt er sie und steht auf. Sie nickt und nimmt Toms Hand entgegen, die er ihr entgegen streckt. Sie fühlt sich wie im Traum. Nicht nur, dass sie jetzt auf dem Weg ist, um einen Plattenvertrag zu unterschreiben. Nein, sie gerade kurz davor von Tom, ihrem absoluten Traummann, geküsst zu werden. Wäre da nicht diese blöde Marta dazwischen gekommen. Lana fragt sich eh schon seit längerer Zeit, was sie bloß gegen sie hat. Aber darüber will sie sich jetzt keine Gedanken machen, denn sie bekommen sicherlich noch einmal die Gelegenheit dazu sich zu küssen.

Demaskiert

Tom sagt Marta Bescheid, dass er Kai in sein
Büro schicken soll und läuft mit Lana vor.
Verwundert schaut Lana sich um, als sie
durch den Flur laufen und plötzlich nicht
mehr in ihrer vertrauten Umgebung sind. Sie
sind jetzt nicht mehr in dem Bereich, wo die
anderen Mitarbeiter ihre Arbeitsräume haben,
sondern da, wo die Bosse und hohen Tiere
untergebracht sind.
Lana guckt neugierig auf das Schild neben
der Tür zu Toms Büro und liest: «Tom
Neumann. Inhaber NewRecords»
Sie hat ihn bisher nie gefragt, was er in
diesem Tonstudio macht. Auf Grund seines
Alters ist sie immer davon ausgegangen, dass
er die gleiche Ausbildung wie Lana gemacht
hat und jetzt einfach nur weiter dort
angestellt ist. Deswegen muss er sich auch um
sie kümmern, weil alle anderen dafür viel zu
beschäftigt sind. Dass er der Inhaber ist, kann
sie sich überhaupt nicht vorstellen. Er ist
doch gerade mal 25. Wie kann ihm da schon
ein eigenes Tonstudio gehören?
Lana lässt sich nichts anmerken und betritt
das großzügige Büro. Überall hängen
Goldene Schallplatten und andere
Auszeichnungen, die seine Erfolge in der
Musikbranche krönen. Sie guckt sich

neugierig um und überall kann sie Fotos von
ihm mit berühmten Künstlern sehen. Oder
Moment, ist er das überhaupt? Sie guckt
genauer hin und sieht, dass das gar nicht Tom
ist. Zumindest nicht der Tom, den sie kennt.
Er hat ein Kostüm an und sein verschwitztes
Gesicht ist zu sehen, was teilweise von greller
Schminke bedeckt ist. Sie kennt das perfekt
abgedeckte Gesicht aus dem Fernsehen. Der
Mann dahinter ist nicht wirklich zu
erkennen. Zumindest nicht, wenn man nicht
wusste, um wen es sich in Wirklichkeit
handelt. Aber jetzt, wo sie Tom so oft in die
Augen geschaut und ihn so oft Lächeln sehen
hat, fällt es ihr wie Schuppen von den Augen.
«Er ist Masked», flüstert sie schockiert.
Und dreht sich zu Tom um, der sie fragend
anguckt.
«Was hast du gesagt?», will er von ihr wissen.
Ihm ist gar nicht bewusst gewesen, dass sie
noch nichts von seiner wahren Identität weiß.
Es ist so selbstverständlich, dass alle im
Tonstudio Bescheid wissen, dass er davon
ausging, dass sie es auch weiß.
«Du bist Masked!», sagt sie jetzt etwas lauter
und guckt in sein verwundertes Gesicht.
«Ja. Wusstest du das nicht?», fragt er erstaunt.
«Nein! Woher hätte ich das wissen sollen?»,
ruft sie immer noch schockiert, aber auch
leicht wütend.
Wieso hat er ihr das nie erzählt?

Sie kann doch nicht ahnen, dass Tom, ihr
Tom, ein Superstar ist, der schon mehrere
Top 10 Hits hat. Bevor er antworten konnte,
klopft es an der Tür und Kai kommt herein.
«Hey Tom und aaah Lana! Wunderbar!
Wirklich wunderbar. Deine Stimme, deine
Texte. Wirklich großartig!», sagt er und
schüttelt ihr dabei mehrfach die Hand. Er
strahlt sie an und deutet dann auf einen
Stuhl.
«Setzen wir uns doch und besprechen alles.
Also die nächsten Wochen werden ziemlich
aufregend für dich. Aber wahrscheinlich auch
ziemlich anstrengend. Fotoshootings für das
Albumcover, Radio-Auftritte und natürlich
die ersten richtigen Aufnahmen. Das machen
wir hier sicherlich in deinem Tonstudio,
nicht wahr Tom?»
Danach hört Lana nicht mehr richtig zu. Sein
Tonstudio. Sie kann es immer noch nicht
glauben. Wieso ist sie nicht eingeweiht
gewesen? Er kennt ihre intimsten Gedanken,
hört sie singen und gerade hätten sie sich
sogar fast geküsst und sie weiß so gut wie gar
nichts über ihn!
«Lana? Hast du zugehört? Wo willst du deine
Tour starten? In welcher Stadt möchtest du
anfangen?», fragt Kai sie.
«Ähm … ist mir egal», sagt sie gleichgültig.
Die Euphorie ist irgendwie verflogen.

«Gut. Umso besser. Ich finde Hamburg ja
immer ganz gut. Oder vielleicht doch Berlin?
Nein … Berlin kommt zum Schluss. Das
große Finale. Vielleicht doch lieber ein
kleinerer Ort wie Osnabrück zum Beispiel?
Oder Köln? Was haltet ihr von Köln?»
«Klar … Köln klingt gut», sagt Tom und
Lana nickt nur.
«Also Köln! Aber bis dahin ist es ja noch
etwas hin. Wir fangen direkt morgen mit den
Aufnahmen an und produzieren dein Album.
Bis dahin wird sich mein Marketing Team
um deinen Internet-Auftritt kümmern. Wir
brauchen professionelle Fotos und spammen
alles mit deinen Probeaufnahmen voll. Ja, die
können wir dafür benutzen. Alle Influencer
sollen über dich berichten und jeder soll sich
danach fragen ‚Wer ist dieses Mädchen mit
der lieblichen Stimme?‘ und dann wird jeder
deine CD kaufen wollen. Ja, das wird super!»
Er redet weiter, aber wieder kann Lana ihm
nicht richtig zuhören. Ihr Blick wandert zu
Tom, der sie aufmerksam beobachtet. Er
spürt, dass sie nicht ganz bei der Sache ist
und sie etwas anderes bedrückt. Wie kann er
es auch vergessen haben, sie in sein
Geheimnis einzuweihen?
«Also gut Kai. Ich denke, wir haben für heute
alles Wichtige besprochen. Mach doch die
Verträge fertig und lass sie meinem Anwalt
zukommen, der sie dann noch mal

durchgehen kann. Lana muss das
wahrscheinlich erstmal alles verarbeiten», sagt
Tom und drängt Kai nach draußen.
Lana bleibt zurück und schaut Tom
erwartungsvoll an. Vorhin hat sie sich noch
auf den Moment gefreut, in dem sie endlich
wieder alleine sind, weil er sie dann
wahrscheinlich küssen würde, aber jetzt ist sie
sich nicht mehr so sicher.
«Du bist also ein Megastar?», fragt sie ernst.
«Kann man wohl so sagen», sagt er und guckt
sich in seinem Büro um.
«Wieso hast du mir das nicht erzählt?»
«Hätte das irgendwas geändert? Also außer,
dass du mich wahrscheinlich anders
behandelt hättest und mich nicht als Tom,
sondern immer nur als Masked gesehen
hättest?» Tom kennt immer die richtigen
Worte und Lana sieht sofort ein, dass er
Recht hat. Wenn sie gewusst hätte, dass er ein
bekannter Rockstar ist, dann wäre sie ihm
gegenüber wahrscheinlich ganz anders
aufgetreten. Sie wäre eingeschüchtert gewesen
und niemals hätte sie vor ihm singen können,
um die Probeaufnahmen zu machen.
«Ja, du hast ja Recht», gesteht sie und sieht,
wie ein Lächeln über sein Gesicht huscht.
«Na also!», sagt er und beugt sich zu ihr nach
vorne. «Ich glaube, wir wurden da vorhin
unterbrochen.»

Lana weiß genau, was jetzt kommt und bleibt
ganz ruhig sitzen. Sie sieht, wie Tom immer
näher kommt und wie jetzt sein Gesicht
genau vor ihrem ist. Er grinst, guckt kurz zur
Seite, um sicherzugehen, dass auch keiner
durch die Tür kommt und nimmt Lanas
Gesicht in die Hand. Ganz vorsichtig
berühren seine Lippen ihre und sie fühlt, wie
ein Feuerwerk durch ihren Körper schießt.
Seine Hände ziehen sie näher an sich und die
beiden verschmelzen in einen innigen Kuss,
der ewig anhält.
Irgendwann lösen sie sich atemlos, aber
glücklich voneinander und grinsen sich an.
«Das wollte ich schon machen, als ich dich
das erste Mal singen gehört habe», gesteht er.
«Aber jetzt dürfen wir keine Zeit
verschwenden. Du hast Kai doch gehört. Er
hat Großes mit dir vor. Richtige Aufnahmen,
Fotoshootings und dann die Tour. Du hast
vorhin nicht so gewirkt, als ob du dich freuen
würdest. Freust du dich jetzt?», fragt er sie
begeistert, um sie mit seiner Euphorie etwas
anzustecken. Er will ihren großen Moment
nicht damit kaputt machen, dass er ihr etwas
verheimlicht hat.
Plötzlich bildet sich auch auf Lanas Gesicht
ein breites Lächeln. Tatsächlich ist das eben
alles in den Hintergrund gerückt und erst
jetzt realisiert sie, dass gerade noch einem
sehr guten Produzent gegenüber gesessen hat,

der ihre Platte kennt und sie unbedingt groß
rausbringen will.
«Ja! Ich freue mich so sehr! Ich kann es kaum
erwarten, endlich meine eigene CD in den
Händen zu halten. Und weißt du was? Ich
glaube, ich würde mich sogar freuen, wenn
ich mal auf einer wirklich großen Bühne
auftreten würde. Das Gefühl muss
unglaublich sein, wenn jeder deine Songs
kennt und mitsingt.»
«Ja, das ist es», sagt Tom und gibt ihr noch
mal einen Kuss.
Die Beiden besprechen noch einmal alles
Weitere für ihre bevorstehenden Aufnahmen
am nächsten Tag und dann lässt Tom sie
nach Hause gehen, damit sie alles ihren
Eltern erzählen kann. Die sind nämlich schon
ganz gespannt, wie es weitergehen wird. Als
Lana wieder früher als erwartet
zurückkommt, steht ihre Mutter verwundert
in der Küche und schaut sie an.
«Du grinst so? Was ist passiert?», will sie
wissen. Ausführlich berichtet Lana von den
letzten Stunden.
«Und morgen werden wir dann so richtig
echte Aufnahmen machen, die dann
produziert und bald in jedem Plattenladen zu
finden sind. Vielleicht werde ich dann auch
bald im Radio zu hören sein und werde auf
Tour gehen und hach…», sagt sie glücklich,

während ihre Mutter sie nur sprachlos
anstarrt.

«Das ist … das ist wirklich fantastisch Lana.
Das freut mich so sehr für dich», sagt sie und
umarmt ihre Tochter. Sie wusste schon
immer, dass ihre Musik nicht dazu gemacht
ist, um von niemandem gehört zu werden.
Auch ihr Vater nimmt die Nachricht
freudestrahlend auf.

Die Lösung gegen das Lampenfieber

Die nächsten Tage vergehen wie im Flug. Die Aufnahmen sind nicht ganz so einfach wie die Probeaufnahmen. Mehrfach muss Lana verschiedene Songs einspielen. Mal nur den Gesang. Mal nur die Instrumente. Anschließend steht das Fotoshooting bevor. «Aber ich will nicht, dass du mit engen kurzen Kleidern in irgendwelchen Zeitschriften zu sehen sein wirst!», ermahnt ihr Vater sie noch. Aber das ist auch nicht das, was Lana oder Tom oder sogar Kai sich vorgestellt haben. Sie darf sich die Klamotten selbst aussuchen und die Bilder werden sehr natürlich und authentisch. Selbst Tom hätte das nicht erwartet, denn eigentlich ist Kai dafür bekannt, dass er hauptsächlich Popsternchen produziert, die er dann in knappe Glitzerfummel steckt. Wahrscheinlich will er tatsächlich einen neuen Weg einschlagen und sieht in Lana die ideale Möglichkeit dazu. Aber auch Tom muss sich etwas Neues überlegen, damit sein Management zufrieden mit ihm ist und ihn nicht weiter damit nervt, dass er endlich seine Maske ablegt. Da er und Lana inzwischen offiziell ein Paar sind, vertraut er seine Sorgen Lana in einem ruhigen Moment an.

«Hast du denn kein neues Material, was du aufnehmen kannst?», fragt sie ihn.

«Nein. Ich habe leider keine 100 vollgeschriebenen Notizbücher so wie du», sagt er lächelnd. «Ich müsste mich hinsetzen und was Neues schreiben, aber das schaffe ich in der vorgegebenen Zeit leider nicht mehr. Vor allem, da ich dich ja auch unbedingt unterstützen möchte.»

«Und wenn du die Schminke tatsächlich einfach weglassen würdest?», schlägt sie ihm vorsichtig vor.

Sie kennt zwar seine Bedenken und will ihn auf keinen Fall damit verärgern, aber sie weiß auch, dass sich seine Songs um ein vielfaches mehr verkaufen würden, wenn die Zuhörer sein hübsches Gesicht sehen.

«Aber die Presse, die Paparazzi, all die Fans, die mir, die uns, überall auflauern würden!», antwortet er entschlossen und hofft, sie damit überzeugen zu können.

«Hallo? Ich werde bald selbst weltberühmt sein! Da werden wir sowieso überall von Fotografen umgeben sein!», sagt sie und zieht ihn damit auf.

Das ist jetzt wirklich kein Grund mehr. Die beiden tauchen sowieso überall gemeinsam auf und es ist nur eine Frage der Zeit, wann Lana ihren großen Durchbruch hat. Kai hat

nämlich ganze Arbeit geleistet und sein
Vorhaben sehr gut in die Tat umgesetzt. Das
Album ist in Rekordzeit produziert worden
und die Marketing-Abteilung hat ihr Bestes
getan, um es möglichst überall zu platzieren.
Internet-Stars nutzen Lanas Musik für ihre
Videos und haben Lanas Songs mit ihren
Fans immer und immer wieder geteilt. Sie hat
Auftritte bei verschiedenen Radio-Sendern
wahrgenommen, bei denen ihr Song bereits
rauf und runter gespielt wird.
Vor Publikum hat sie allerdings noch nicht
gespielt, das stand ihr noch bevor und schon
jetzt hat sie wahnsinnige Angst davor.
«Ich hätte da vielleicht eine Idee», sagte sie
nachdenklich.
«Wie du ja richtig gesagt hast, habe ich 100
volle Notizbücher mit Songs. Darunter
natürlich auch einige Duette. Was wäre,
wenn du ein Album mit mir aufnimmst?»
Tom guckt sie an. Das ist eigentlich eine
ziemlich gute Idee.
«Aber du weißt, dass wir dann auch
gemeinsam auftreten müssten oder? Und du
würdest dann direkt zu Beginn auf ziemlich
großen Bühnen vor sehr vielen Menschen
stehen. Ist dir das bewusst?», fragt er sie
vorsichtig.
Wieder überlegt Lana. Ob das wirklich so
eine gute Idee ist? Mit Kai hat sie sich
darüber geeinigt, dass sie zunächst nur

kleinere Auftritte wahrnehmen würde. Im Radio ein Interview zu geben und dann ein Lied aus ihrem Album zu spielen, ist inzwischen kein Problem mehr für sie. Schließlich sind höchstens zehn Leute mit ihr im Raum und die restlichen Zuhörer schauen nicht zu. Bei ihren ersten Auftritten wollen sie sich auf 200 Leute begrenzen, aber Tom zog ein viel größeres Publikum an. Erst nach und nach wollen sie die Anzahl aufstocken und soll dann ihren Höhepunkt im nächsten Sommer haben, wenn sie auf den größten Festivals Europa auftritt. Ihre Idee würde das alles um Monate verkürzen und wahrscheinlich würde sie auf einer großen Bühne stehen, bevor sie zum ersten Mal auf einer kleinen auftritt.

Sie atmet tief durch und guckt ihn entschlossen an.

«Nein. Das ist in Ordnung. Wenn du dabei bist, dann schaffe ich das», sagt sie und versucht sich das auch selbst einzureden. Danach geht alles ganz schnell. Lana sucht noch am gleichen Tag geeignete Songs heraus, die sie zusammen mit Tom singen kann. Martin ist von der Idee begeistert, der inzwischen auch ein riesiger Fan von Lana geworden ist und sie ebenfalls unter Vertrag genommen hat.

«Mein Superstar mit meinem neuen Superstar. Das wird genial!», ruft er immer

wieder, als er mit den beiden im Meeting
sitzt.
Sie nehmen die Songs in Toms Studio auf
und veröffentlichen sie nur wenige Tage
später. Fans sind völlig begeistert und in den
Medien taucht immer wieder die Frage auf,
wer dieses Mädchen sei. Hat Lana vorher
eher nur Aufmerksamkeit von Kennern und
Kritikern der Szene erhalten, so ist sie nach
Veröffentlichung von Toms neuem Material
in aller Munde. Beide kämpfen darum, die
Nummer 1 der Charts zu werden und bald
lässt sich ein Auftritt nicht mehr vermeiden.
«Alle wollen euch zusammen sehen», sagt
Martin zu Tom am Telefon. «Wir sollten das
Ganze groß ankündigen. Das wird Lanas
erster Auftritt und dann auch noch
zusammen mit Tom! Die Leute werden sich
um die Tickets reißen!», sagt er begeistert und
geht die größten Hallen in seinem Kopf
durch, die er dafür bekommen könnte.
Schon allein bei dem Gedanken daran, dass
sie vor mehreren tausend Menschen auftreten
soll, löst Übelkeit bei Lana aus. Aber
irgendwann steht ihr das eh bevor und wenn
sie das mit Tom zusammen machen kann,
würde es sicherlich nur halb so schlimm
werden.
«Ich habe gerade mit Martin telefoniert», sagt
Tom am nächsten Tag in einem ernsten
Tonfall zu ihr. Besorgt schaut sie ihn an.

Welche schlechten Neuigkeiten hatte er wohl
für sie?
«Wir dachten beide, dass du noch etwas mehr
Zeit hast, um dich für deinen ersten,
richtigen und großen Auftritt vorzubereiten,
aber leider stimmt das nicht. Einer von
Martins Künstlern musste einen Auftritt
nächste Woche aus gesundheitlichen
Gründen absagen. Naja und jetzt ist da die
große Halle, die ganze Crew und alles und er
fragt, ob wir nicht stattdessen dort auftreten
könnten. Die Tickets wären wahrscheinlich
innerhalb von Stunden weg», erzählt er und
guckt sie erwartungsvoll an.
Lana schluckt.
Nächste Woche schon. Das kommt jetzt
unerwartet. Aber sie will nicht die
komplizierte Künstlerin sein und dem im
Weg stehen. Schließlich geht es ja auch um
Toms Karriere.
«Ist okay. Wir können das gerne machen»,
sagt sie lächelnd. Irgendwann muss sie sich
ihren Ängsten stellen und je früher dies
passiert, desto besser ist es.
«Bist du dir sicher?», fragt er noch einmal
verwundert nach.
«Ja, ich bin mir sicher», antwortet sie
selbstbewusst und grinst.
Tom vereinbart alles mit Martin und wie
erwartet, überschlagen sich die Anfragen für
die Tickets, sobald der Termin veröffentlicht

wurde. Innerhalb weniger Minuten ist das
Konzert ausverkauft und die Nachfrage ist so
groß, dass sie die gleiche Menge noch einmal
verkaufen könnten.

Tom gibt Lana jede Menge Tipps, wie sie sich
auf der Bühne verhalten soll und erzählt ihr
immer wieder von seinen ersten Auftritten,
damit sie sich bestens darauf einstellen kann.
Dann ist der große Tag gekommen und nach
einer gelungenen Probe, bei der immerhin die
vielen Crew-Mitglieder dabei sind, fühlt
Lana, wie das Lampenfieber immer größer
wird. In den letzten Tagen hat sie zwar immer
mal wieder für die Mitarbeiter im Tonstudio
gesungen und sich Stück für Stück daran
gewöhnt, wie es ist, wenn Menschen ihr beim
Singen zugucken, aber das ist eine völlig
andere Situation gewesen.

Gemeinsam mit Tom fährt sie zu der
Location und macht sich mit ihm in der
Garderobe fertig. Er hat ihr einen beruhigen
Tee bringen lassen und redet ihr immer
wieder gut zu.

«Denk dran: Die Leute da draußen lieben
dich und deine Musik. Sie wollen dich sehen.
Keiner wird dich verurteilen, wenn du etwas
Falsches machst. Überspiel es einfach. Das
wird sowieso keinem auffallen, weil sie
einfach nur darüber freuen werden, dich
endlich spielen zu sehen.»

Lana kann ihr Glück kaum fassen, das ihr in den letzten Monaten zuteilgeworden ist. Nicht nur, dass sie den besten Freund der Welt hat, der zufällig auch noch ein Megastar ist, dessen Musik sie schon seit vielen Jahren kennt, nein, sie ist im Begriff ebenso berühmt zu werden wie er. Endlich erfüllt sich ihr Wunsch und die ganze Welt würde ihre Musik kennen.

Noch einmal atmet sie tief durch, bevor sie dann nach Toms Hand greift und sie gemeinsam in Richtung Bühne gehen.

Die Vorband spielt noch und Lana riskiert einen Blick auf das Publikum. Als sie die vielen tausend Menschen sieht, rutscht ihr das Herz in die Hose und Schweiß breitet sich auf ihrer Stirn aus. Panisch guckt sie Tom an.

«Das ist völlig normal, dass es dir Angst bereitet. Alles andere wäre auch komisch. Aber du schaffst das», versucht er sie erneut zu beruhigen.

Sie gucken der Vorband aus dem Backstage-Bereich zu und Lana spürt, wie sie ruhiger wird. Sie sieht, wie der Sänger der Band mit einem breiten Grinsen immer wieder über die Bühne läuft und das Publikum dazu animiert noch lauter mitzusingen und zu klatschen. Sie kann die Gesichter der glücklichen Fans sehen, die mitsingen und dabei die Augen geschlossen

halten. Sie ist schon auf vielen Konzerten
gewesen und genoss jedes Mal diese ganz
besondere Atmosphäre, die dabei herrscht.
Alle mögen die gleiche Musik und sind da,
um sie mit anderen Fans zu genießen.
Dann ist die Band fertig und die Bühne wird
für ihren Auftritt umgebaut. Tom wird in die
Maske gerufen, um geschminkt zu werden
und auch Lana wird noch einmal abgepudert.
Und dann ist es endlich so weit. Die
Scheinwerfen gehen an, die Fans stehen
wieder vom Boden auf und drängen sich
ungeduldig vor die Bühne. Ein paar schreien,
ein paar rufen Toms, aber auch Lanas Namen
und dann sind alle ganz ruhig, als sie im
Hintergrund ein Paar sehen.
Lana zittert am ganzen Körper, ihr Herz
pocht wie wild, aber Tom hält ihre Hand fest
umschlossen.
«Bereit?», fragt er sie.
Lana nickt und sieht, wie Tom einen Schritt
nach vorne geht und sie hinter sich herzieht.
«Hallo!», begrüßt er die Fans und die Menge
jubelt. Sie strecken ihre Arme nach oben,
kreischen und schreien.
«Ich bin Masked und ich habe heute eine
ganz besondere Überraschung für euch. Ich
will euch heute zwei Menschen vorstellen»,
brüllt er ins Mikro und lässt Lanas Hand
dabei los, um weiter nach vorne zu gehen.
Verwundert schaut sie ihn an.

Zwei Menschen?
Wer soll denn noch mit ihnen auftreten?
Davon weiß sie nichts!
Er geht wieder zurück zu ihr und zieht sie an
der Hand ebenfalls bis zum Rand der Bühne.
«Das ist Lana! Ihr kennt sie bestimmt und
habt schon ihre Lieder gehört. Sie hat vor ein
paar Monaten bei mir im Tonstudio
angefangen und irgendwann habe ich sie
heimlich singen gehört und mich nicht nur
in ihre Stimme verliebt», sagt er und schaut
sie dabei liebevoll an.
Ein lautes «oooh!» geht durchs Publikum, als
sie verstehen, was er damit meint.
«Ich würde euch heute gerne auch noch ihren
Freund vorstellen», sagt er und alle starren
ihn gespannt an.
Ist er nicht ihr Freund? Hat er das nicht
gerade noch gesagt?
Er geht nach hinten und ein Crew-Mitglied
wirft ihm ein feuchtes Handtuch zu. Tom
beginnt es über sein Gesicht zu reiben und
entfernt damit langsam seine Schminke.
Sprachlos gucken ihm die Fans dabei zu.
Einige halten sich an den Händen, weil sie
nicht glauben können, was da gerade passiert.
Er enthüllt gerade tatsächlich seine Identität.
Nicht mal Lana weiß darüber Bescheid.
Als er fertig ist, strahlt er über das ganze
Gesicht.

«Hallo! Ich bin Tom! Und das ist meine
Freundin Lana. Sie wird bald berühmt sein
und daher gibt es keinen Grund mehr, mich
weiter zu verstecken, weil ich sowieso auf
jedem Paparazzi-Foto zu sehen sein werde, da
ich nicht mehr von ihrer Seite weiche», ruft
er und nimmt Lana wieder an die Hand.
Ihre Angst ist komplett verschwunden, weil
sie nichts anderes als Liebe für ihn empfinden
kann. Sie gibt ihm noch einen langen,
leidenschaftlichen Kuss, bevor sie dann das
Wort an das Publikum richtet.
«Hallo, ich bin Lana! Und ich freue mich,
dass ihr die Ersten seid, die mich und meinen
Freund gemeinsam auf der Bühne sehen
werdet!» Und damit schnappt sie sich ihre
Gitarre und wartet auf Tom, bis auch er so
weit ist.
Sie stimmt den ersten Song an, der ihr wie
von alleine über die Lippen geht. Auch den
restlichen Auftritt meistert sie ohne Probleme
und von dem früheren Lampenfieber ist
überhaupt nichts mehr zu spüren.
Sie fühlt sich auf der Bühne total wohl,
genießt die Aufmerksamkeit der Fans und wie
sie ihnen zujubelt. Als sie am Ende auch noch
eine zweite Zugabe gegeben haben und die
Menge immer noch nicht genug hat, kommt
sie noch einmal ganz alleine zurück und spielt
ihre aktuelle Single. Die Zuschauer halten
Feuerzeuge in die Höhe, schalten die

Taschenlampenfunktion ihrer Handys an und singen lauthals ihr Lied mit. Als sie fertig ist, jubeln sie erneut, schreien ihren Namen und applaudieren ihr minutenlang. Mit Tränen in den Augen verabschiedet sich Lana und läuft hinter die Bühne.

«Das war der Wahnsinn!», sagt sie zu Tom, der sie fest in die Arme schließt. «Ich weiß gar nicht, wieso ich so viel Angst davor hatte», gesteht sie ihm. «Danke, dass du von Anfang an an mich geglaubt hast. Ohne dich hätte ich das niemals geschafft.»

Kurz darauf kommt Martin auf sie zugerannt. «Das war der Oberhammer!», sagt er zu Tom. «Wieso hast du mir nichts verraten?», fragt er und spielt darauf an, dass Tom seine Maskierung abgelegt hat.

«Na, du hättest das sicherlich vorher angekündigt. Das sollte aber eine Überraschung werden. Für alle», antwortet er gelassen.

«Ist ja auch egal! Das war die beste Promo für dich und für Lana und natürlich für euch beide zusammen. Die Verkaufszahlen werden sich überschlagen. Ich fange am besten schon mal damit an, euch in sämtliche Shows zu bekommen und eine riesige Welttournee für euch Beide zu planen!», sagt er hastig und verschwindet dann sofort wieder.

«Das klingt ja so, als ob wir demnächst jede Menge Zeit miteinander verbringen werden», sagt Tom grinsend.

«Das hoffe ich doch», antwortet Lana und schließt ihn noch mal in ihre Arme. Sie will ihm am liebsten nie wieder loslassen und freut sich darauf, ihre weiteren Abenteuer gemeinsam mit ihm zu erleben.